U0727737

如草在野

马永娟◎著

内蒙古文化出版社

图书在版编目（CIP）数据

如草在野 / 马永娟著 . — 呼伦贝尔：内蒙古文化出版社，2024.7
ISBN 978-7-5521-2363-0

Ⅰ. ①如… Ⅱ. ①马… Ⅲ. ①随笔—作品集—中国—当代 Ⅳ. ① I267.1

中国国家版本馆 CIP 数据核字（2023）第 164489 号

如草在野
RU CAO ZAI YE
马永娟　著

责任编辑　白　鹭
封面设计　鸿儒文轩 · 末末美书

出版发行　内蒙古文化出版社
地　　址　呼伦贝尔市海拉尔区河东新春街4－3号
直销热线　0470－8241422　　**邮编**　021008

排版制作　鸿儒文轩
印刷装订　三河市华东印刷有限公司
开　　本　880mm × 1230mm　1/32
字　　数　180千
印　　张　9
版　　次　2024年7月第1版
印　　次　2024年7月第1次印刷
书　　号　ISBN 978-7-5521-2363-0
定　　价　68.00元

版权所有　侵权必究
如出现印装质量问题，请与我社联系。联系电话：0470-8241422

目 录

草色谣

野蔬贴

果木辞

花间意

草色谣

霞 草

霞草，像是乡村女孩的名字，朴实、率真、随意，扎根乡土，自在生长。

霞草的乳名叫“山马菜”。相对于生长在田间地头的地马菜，山坡石缝中的山马菜一样的粉绿色圆茎，一样的肉质披针状长圆叶，相似度很高，地上的叫“地马菜”，山上的叫“山马菜”。就像叫小梅小桃小二小三一样顺口随意。

山马菜是山上的植物中最早一批发芽的。每年清明前后，山坡上、地界边的枯草里，就会冒出一簇一簇嫩梗，每根梗的上面生出对称的两片叶子，两两交错，碧绿生青。小女孩的脸一样，水灵灵嫩生生的，一天一个轮头，是采摘的最佳时机。头天刚摘过，第二天又会冒出新芽来。如果再遇上一场春雨，满山遍坡的山马菜，油汪汪、肉乎乎的，在满目的枯黄中格外显眼。

这时候，我会跟着姐姐到后山去采摘。摘山马菜要摘它的嫩头，老了不好吃。半天下来，时而采朵野花，时而追只蝴蝶的我，一小篮还没装满，专心致志摘山马菜的姐姐，就摘满了一化纤袋。

山马菜不能摘回来就吃。它含有皂苷，要揉搓，揉出泡沫，再冲洗，反复多次，直到把泡沫搓洗干净，用手勒干，才能食用。揉完山马菜的手，是黄的，要两三天才能褪干净。

揉好的山马菜，拿开水一烫，切碎拌上酱油、醋、蒜泥、香油，味道特别鲜美。和肉末、粉丝，或是豆腐什么的，搭配做包子，也别有风味。特别是和肉在一起，山马菜的素作为主角，肉的油作为配角，辅佐山马菜的味道和口感，让人过“舌”不忘。吃不完的山马菜，焯好后，晒成菜干，随吃随泡。

到了初夏，山马菜开出无数白里透点粉的小花，密密地排列着。花细如豆，洁白清雅，犹如无数星星闪烁在坡上沟边，远看像是六月落雪，又像是清晨云雾，傍晚烟霞，无端地让人生出柔情。

山马菜不光好吃好看，还好用。在山上，如果被山马蜂蜇了、虫子咬了，马上摘些山马菜，找块石头砸成糊状，敷在红肿的地方，止疼又消肿。它的根还能替代肥皂洗衣服。在买肥皂需要票证的年代，即便很节俭的人家，肥皂也不够用。大人们会挖来山马菜根，捣碎沤水，用来浸泡搓洗床单被褥。到山涧沟洗衣服的时候，就手在山上拔几棵山马菜根，洗洗干净，放在石头上砸砸，再洒些水在上面，用手搓一会儿就会出现类似肥皂泡的泡沫，抹在衣服上，和肥皂一样能把衣服洗干净。

那时候，到山涧沟洗衣服的人很多，没几个用肥皂、洗衣粉的，整条山涧没有一点污染，从上游到下游，清澈见底。

山马菜根还能入药，味辛甘，性微寒，能治大人孩子脾胃虚引起的呕吐、食欲缺乏、水肿，也能治阴虚潮热、拉肚子、积食等，还能强身健体，明目润肤。

野生野长的山马菜，像许多山菜一样，吃起来有独特的口感和味道，大概与它们出身山林有关。山马菜不需要过多的调味，就能让人体验来自山野的自然香气。但山马菜也不是那么好驯服的，通常都带有一丝丝苦、一丝丝涩。也正是那一丝丝若有若无的苦涩，能清火排毒，也能刺激味蕾觉醒，让人享受到春天丰富的滋味。

野 蒜

老家云山，气候温和，四季分明。山地、台地、平地三层地貌线状叠加，自然资源丰富。儿时伙伴们一起挑荠菜，采槐花，摘酸枣，挖野蒜，野地荒坡，沟沟壑壑，都有我们的脚印，也都收藏着我们的快乐。

那时的家园山野是孩子们的乐园。毛桃、棠梨、桑葚、野葡萄是不花钱的零食，守着一棵柿树眼巴巴等它开花结果由青变黄；逮蚂蚱，捉知了，掏鸟窝，捂蜻蜓，捉萤火虫放墨水瓶里当灯笼；去山涧洗澡，堆沙子，照山螃蟹；一群孩子在打谷场丢手绢、跳绳、扔沙包；爬树、捉迷藏、敌我对抗，身边都是玩伴，到处都是童趣。

最有趣的是在涧沟边的山坡上挖野蒜。同行的几个伙伴，到了山坡上就分开来各自为战。野蒜多生在阳面山坡，柔嫩略带微红嫩绿的锥儿，一绺一绺细绿的茎叶发丝一般柔顺，瘦长青翠的身影在和煦的春风中招摇。小镐头或就地找一根小木棍，一头削尖，就是上好的挖掘工具。小心地顺着根部挖下去，一段如玉的茎下边连着一颗雪白的小蒜头，一挖一提，一株完整的野蒜破土而出，青是青，白是白。白蒜头下长着长长的胡须，也是雪白的，一碰就断，断茬处一股辛辣和甘甜扑鼻而来，沁人心脾。半天下来，野蒜盛满了竹篮。一面坡上随着二华、小俊、大头的呼喊声，大家集中到涧沟底。饿了，拿出早上带的干粮，玉米饼子，山芋什么的，就着洗干净的野蒜吃。渴了，掬几捧上风头的涧水喝。累了就躺在山石上晒晒太阳。听这个绘声绘色地讲故事，看那个声嘶力竭地唱山歌，欢声笑语在山沟里久久回荡。回家的时候，谁的篮子里蒜太少，多的人自动扯两把分给他。

回家后，母亲将蒜叶间的枯叶草枝拣去，洗净泥土，再用井水一泡，切成末，抓把虾皮炖鸡蛋，入口即化，满口生香；切成段炒鸡蛋，炒猪肝，炒腊肉，炖豆腐，葱绿伴着黄，伴着紫，伴着白，每一样都色香味俱全，让人胃口大开；还可以摊野蒜饼，咬一口，筋拽拽，香喷喷，特别解馋。野蒜挖多了，也可以腌在坛中，做小菜。或是留下野蒜头，腌泡菜。“三月小蒜，香死老汉”，春天的小蒜水灵灵的，格外鲜嫩清香。不管怎么吃，都让人唇齿留香，回味无穷。

到了夏秋季节，一棵棵小野蒜开出淡紫色小花，将这些野蒜花采下来，和小蒜头一起加盐捣烂，放点花椒水拌拌腌一下，蘸馒头，拌面条，提味增香。

野蒜有很多别名，薤白、山蒜、菜芝什么的。既是佐餐佳品，又有一定的药用保健功效。能抗菌消炎、健胃祛湿、理气、宽胸、散结，还能助消化，降血糖。杜甫的“束比青刍色，圆齐玉箸头。衰年关鬲冷，味暖并无忧”诗中，说它茎叶翠绿像青草，根茎洁白像玉做成的筷头。有温补作用，既缓解了诗人“关膈”的不适，也化解了诗人的忧愁。

如今，故乡面貌不断被现代化发展进程刷新，我们为它的日新月异感到欣慰，也不禁产生几许失落和惆怅。那细长翠绿的叶条，那紫里泛粉的花簇，那洁白圆润的根茎，在童年的记忆里活色生香，那是一份对过往质朴的念想。

采挖野蒜苗、野蒜花、野蒜疙瘩，这些流光里的细节就像一部怀旧影片，一帧一帧地将童年回放。

地　耳

清明时节，雨纷纷一洒，漫山遍野的草木就活泛起来，附在地上的苔藓、菌子也活泛起来，藏在草丛里石缝间的地耳，贴着地皮，支棱着蓝幽幽绿莹莹的小耳朵，谛听小伙伴的脚步声。

我们村庄周围的土丘、山岗，林间、草丛、溪岸都适宜地耳菜生长。大概是它黑里透亮，泛着青泛着黄，就像土地干裂后，卷起来的一块块地皮，所以也叫地卷皮。它的外表满是褶皱，形状像我们常吃的木耳，但比木耳薄、软、小、嫩，也比木耳濡滑、明亮。晴天气候干燥时，地耳失水干缩，是灰褐色或近黑色片状；雨天或湿度大时，地耳吸水膨胀，亮晶晶的，有点黑有点蓝有点绿。每到雨过天晴，藏在荒野草丛中干瘪的地耳，便水灵灵、肉嘟嘟的，一朵朵、一堆堆，一蓬蓬，赛着长。小伙伴们不约而同，挎上竹篮，直奔后山坡。蹲在湿滑的坡上，猫腰散开，用手拨开草叶，搜寻它们小小的身影。

星星点点的地耳，大的比铜钱还大，小的如指甲盖，生长分散，附着地皮，与杂草杂物泥沙纠缠在一起，捡拾并不容易。对着软塌塌好像水做的地卷皮，不能心急，要轻拈慢拿，用劲抓捏，就会把它捏碎。抓在手里，黏黏滑滑；闻一闻，新鲜的土腥味夹杂草木味，直冲鼻孔。我们一边找，一边拾，一边说笑，一边打闹，直到把小篮子装满。手上沾满泥巴，裤脚袖口都是草屑，脸上却乐开了花。

捡来的地耳一定要洗干净，不然，吃着硌牙。坡下一条涧沟，是从大山肚子里流下来的活水，叮叮淙淙，一路唱着歌。先把手脸洗干净，再把盛满地耳的竹篮，放到小溪里漂洗，去掉草叶、枯枝、沙粒、泥土，拿回去给母亲细加工。

地耳是真菌和藻类的结合体，富含蛋白质、维生素和磷、锌、钙多种营养成分，味道清香柔润，可食可药。或凉拌，或清炒，炒韭菜，炒鸡蛋，炒豆腐，炒鲜肉；或做汤，或包包子；或加一点碎米煮成糊糊，吃在嘴里脆生生、滑嫩嫩的，清新爽口，还有一种淡淡的香草甜香。唐代大诗人韩愈喜欢吃它，还专门写诗："软湿青黄状可猜，欲烹还唤木盘回。烦君自入华阳洞，直割乖龙左耳来。"

《野菜谱》中收录的地耳是地踏菜："地踏菜，生雨中，晴日一照郊原空。庄前阿婆呼阿翁，相携儿女去匆匆。须臾采得青满笼，还家饱食忘岁凶。"可见地耳还是度荒的天然野蔬，是灾荒年月里的救命菜。

地耳不光能吃，也能治病。医书记载，地耳性寒、味甘，能滋阴润肺，清热收敛，补肾和中，益气明目。《药性考》里说它清心解热，痰火能疗，久食色美，益精悦神，至老不毁。《太平圣惠方》说它养血、止血、养胃、清心。民间常用它治疗脱肛、遗精、阴虚干咳、便秘、夜盲、久痢，还适用于体倦乏力、目赤红肿。

吃不完的地耳，晒干后放在阴凉干燥的地方储存起来，没菜吃了，再拿出来，随吃随泡。

春分夏至，又到清明，眼前是家乡芳草连天的景色，自然馈赠的野蔬，是我心底永恒的惦念。不知那一朵一朵的地耳，是否还贴着地皮，支棱着耳朵谛听走向它的脚步？

莠

说来惭愧，也算是识了几个字，读了几本书，可在我读《诗经》里的“莠”之前，真的不知道被我叫作狗尾巴草、小毛狗的野草，和它是同一种植物。

在农村长大的我们，对狗尾巴草一点不陌生。条状披针形的叶子，细细长长，中间伸出一根茎，顶端长出浓密均匀的细毛，有点像麦穗，有绿色也有紫色。风吹过来就跟着左右摇摆，像小狗摇尾巴一样欢快。就像大多数村里人一样，环境越是困苦，生命力越是顽强，即使生在艰难和辛酸里，仍然不失自我满足的自得。

小时候会玩它。用它拽老茧，一人一根，弯曲对拽，稍一用力，草儿一声闷哼，一截草就断在手里，谁先断谁输；用它拉大锯，把有毛穗一端绾个圈，两个梗相对着穿过圈，就可以一抽一送地拉着玩，一边唱“拉大锯扯大锯，外婆家唱大戏。接姑娘，带女婿。小外孙子也要去。今搭棚，明挂彩。大糖饼往上摆，不吃不吃二十块”；还会用它编兔子，摘七八根狗尾巴草，选两个短一点的做兔子耳朵，再拿一个穗在根上绕一下，上半身就做好了，再用四个长点的做兔子的四条腿，扎结实一点就成了毛茸茸的草兔子；还有过家家娶媳妇，编个草戒指，把两根毛穗绾个结，再用茎绾出中指粗细的圈，套到小伙伴手上，就算礼成了。

狗尾巴草不仅有趣好玩，还是一味中药，《本草纲目》里叫它“光明草”，有明目的功效。村里张医生知道，狗尾巴草煎水，能治风热感冒、小便涩痛、眼红痛；狗尾巴草研末，蒸羊肝服用，能治眼目不明；捣烂敷患处能治疔疮。我们知道，狗尾巴草籽填枕头，松软轻便，有香味，能助眠；嫩草能喂牲口，老的干枯了能引火。

但在现实生活中，它摆脱不了无用有害的形象，常遭人厌弃。说到“莠”，好像没什么好词。“良莠不齐”“不稂不莠”“良莠淆杂”，和庄稼争地夺水，是恶草的通称。不过，好坏都是相对的，说它是恶草，相对于种庄稼而言，麦苗争不过它产量就少了。如果它不争不抢，就得死。站在它们的角度，我们是“恶人”也未可知。

诗经里把它称为“莠”：“无田甫田，维莠骄骄。无思远人，劳心忉忉。无田甫田，维莠桀桀。无思远人，劳心怛怛。婉兮娈兮。总角丱兮。未几见兮，突而弁兮。”地里的杂草“莠”比作物长得还要茂盛，女主人情绪低落，不想打理，也不愿去想那远行的人。看起来是对久不归乡的丈夫的不满和怨恨，甚至说出了“无思远人”的气话。但结尾又想象着丈夫回来后看到自己的儿子从头上扎小辫的顽童长成弱冠少年，一语道破之前的言不由衷。藏在句子背后的爱和期盼，自带反差萌。

爱讲古的爷爷说，上古时代，粮食不种而生，人们怎么吃也吃不完，就开始浪费，甚至用薄饼给小孩擦屁股。老天爷生气了，开始下大雨，发洪水，让人没粮食吃，饿殍遍野。哮天犬不忍心，就到天宫里假装打滚嬉戏，尾巴上沾满了五谷的种子，到人间治水、播种，救活了人。哮天犬偷种子的时候，尾巴上也沾上了一种野草的种子，播种后和粮食一起生长，不及时清理就会影响粮食收成，于是人们就得自己耕耘除草。洒下了自己的汗水，人们就再也不舍得浪费粮食了。狗尾巴草一直监督着人们的劳作，提示人们敬畏天地，珍惜五谷。

余光中先生曾写过一首《狗尾草》：“至于不朽云云，或者仅仅是一种暗语，为了夜行。灵或者不灵，相信，或者不相信，最后呢，谁也不比狗尾草更高……”天地之间，狗尾巴草的基因序列里，一定隐藏了远超我们想象力的自然灾难的洗礼之经历，才葆有如此旺盛的生命力。

如果你回到故乡，恰好没有被一株狗尾巴草遗忘，你会不会和狗尾巴草一起，把卑微的尾巴翘到天上？

柴　胡

人有人格，药有药品。总感觉在中草药里，柴胡有些侠肝义胆的样子。看起来，有节有志，叫出声来，也颇有些好汉气势，让人觉得心里有底。

我们村后的北云台山，长着许多中草药，桔梗、何首乌、太子参等，柴胡也在其中。立身杂草灌木之中，把自己长成一味药。一旦人们需要，便不辞艰辛，为人们解除病痛，退烧，消炎，抗病毒，散肠胃结气，推陈致新。经常服用，能轻身、明目、益精。效果明显。

靠山吃山。生活在山脚的人们，春天采白蒿、挖蒲公英，夏天采连翘、挖柴胡，秋天采五味子、摘八月炸，捡橡壳、打毛栗子，既为头疼脑热不上医院，也为赚外快。

周末，小伙伴们相约一起，扛着小镐，撅着化纤袋，带点山芋干棒须饼，到附近的沟里、远处的山上挖草药。各种中草药像一个个顽皮的孩子，在沟洼、坡上的各种芳草中探头探脑，和我们捉迷藏。

记得第一次挖柴胡，我根本不认识。看着满坡的青绿，无从下手。经同行的好友二华指点，我才知道，柴胡二月生苗，茎是青紫色，一节一节的，叶子对生，形状窄长，有些像竹叶，颜色稍紫，叶片前端渐尖。朝上的部分光照充足，是鲜绿的，光照不足的是淡绿的。二月八月采根入药，根是深褐色，闻起来有淡淡的药香。夏天会开出黄色的小花，但开了花的柴胡药用成分比不了开花前的。到了秋冬，柴胡茎叶干枯，却还顽强地挺立在寒风之中，凸显着与众草不同的性格与风范。

柴胡和麦冬、板蓝根一样，往往连片生。我们有个不成文的约定，一旦谁先于别人发现成片的药材，这片便跟了谁的姓，别人自觉远离。二华带我来的叫作风门口的地方，柴胡长得密，像是自家种的。我们两个看着属于我们的“领地”，兴高采烈。

挖柴胡用的是小镐子，我因为不熟练，经常是一镐头下去，不是铲断茎叶，就是挖断根须。即便碰巧弄出个完整的，也是又细又短。一会儿看看野花摘点野果，一会儿倒倒鞋子里灌的土，半天也挖不了几两。

住在山中的二华不一样，她挖起来比较轻松。她知道柴胡喜欢阴凉的地方，扎根比较松，好挖。特别是下过雨后，直接用手就可以拔出来。她能在野草灌木中，快速分辨出柴胡，而且是大柴胡。对准目标，抡起小镐，一下是一下，右手挖，左手拾，弹起的泥土落在头发上，灌进鞋子里，全不在意。她挖出来的柴胡根，颜色是深褐的，很粗，有两寸多长。柴胡主要是根部入药，所以挖出来的根越粗越长越好。一天工夫，她的袋子里便装满了药材。我看着干着急，越急越挖不到，跑到她前面去也没用，还会错过许多好柴胡，等她来挖自己错过的柴胡时，干生气。她再发现独棵大柴胡时，就会故意让我“发现”，自己重新去找。休息时，我教她唱广播“每周一歌”里的《走在乡间的小路上》《童年》这些歌曲，作为回报。

挖累了，我们就近找块平整的山石，躺上歇歇。饿了摘几个八月炸充饥，渴了掬一捧山泉水就喝。直到太阳下山，我们才追着太阳一起回家。

挖回来的各种药草，按照根、茎、叶分门别类，放在匾中晾晒，干了后，就拿到收购站去卖。那时，一斤柴胡是四毛钱，最高时六毛，加上桔梗之类，一次也能挣个十块八块的，积少成多，学费、新衣裳、零花钱就都有了着落。

母亲也会奖励我们块儿八角的，买小画书，买学习用品。教给我们走吃比坐吃强的道理，让我们明白，只要勤快，肯吃苦，就饿不着肚子，不愁过不上好日子。

有了柴胡，有了各种药草的护持，乡间的寻常日子便有了趣味，内心安定了许多。

蕨

蕨菜，是书面语，我们村里人叫它鸡爪菜。据说是恐龙时代的植物，已经存活了好多个世纪，比人久远。

最早有记录的蕨菜，大概是《诗经》里的“陟彼南山，言采其蕨；未见君子，忧心惙惙”了。春日蓬勃，春心荡漾。女子们登上高高的南山坡，去采摘鲜嫩的蕨菜。说是采蕨菜，却有些心猿意马：姑娘采蕨菜的幌子下，是想要“撞”见那个思念的他；小媳妇眼睛看着蕨菜，嘴里说着蕨菜，心里想的是戍边或远征未归的人。她们一边劳动，一边歌唱，借景抒怀，对着蕨菜谈一场恋爱，充满生活情趣。

我们采蕨菜时的年龄，还不知爱情为何物，但一样充满情趣。

农村长大的孩子，十来岁的时候，就能帮父母干些农活。

相对于固定在地里点玉米种、拔草什么的，我们更喜欢自由度高一些的上山采野菜。

清明前后，往山里去的路旁、坡上、涧边，隔年的枯草里，冒出一簇一簇的嫩草尖，楸树、麻栎树也都爆出新芽。迎春黄灿灿的花，和麻雀、翠鸟一起，还有我们欢快的步子、欢快的笑声，跟春天相互应答。

那蕨菜，如幼小的精灵，藏得很诡秘，不肯轻易示人。在灌木丛和枯草堆里，时隐时现，山外人极难分辨。我们不一样，一眼就能发现它的影踪。

蕨菜是连生植物，发现了就是一片，要不就是一株也没有。刚长出地面的蕨菜筷子粗细，直愣愣的一根独秆，杵在那里。叶片还没长出来，顶端嫩茎或青或紫，满是细细的绒毛，萌萌的内卷小钩，像初生儿握紧胖胖的小拳头，像羞答答不肯抬头的新嫁娘，也像如意，还像蜷缩的鸡爪。远远看去，更像一个“？”号。也不知它想问什么，我们也没工夫猜。多情的文人会有闲情联想：堆盘炊熟紫玛瑙，入口嚼碎明琉璃。溶溶漾漾甘如饴，但觉馁腹回春熙。

不知是不是怕我们看不到，嫩绿的蕨菜举着小拳头，在春风里招摇，好像在跟我们打招呼：“我在这，我在这。”

刚长出来的蕨菜，很嫩，轻轻一掐，“啪”的一声脆响，蕨菜就到手了。断口溢出一点点稠稠的汁液，散发着淡淡的鲜腥味。

毕竟是野菜，生长地点没有规律。上坡下坡，藤葛纠结，钻树林，拨灌木，等蕨菜装满一竹篮，我们已汗流浃背。可我们不觉得辛苦，一路互相打趣，打闹，乐在其中。

蕨菜野生在林间、山野中，没有任何污染。营养价值极高，富含蛋白质，碳水化合物，钙、锌、铁等微量元素和多种氨基酸，还有多种维生素，比一般家种菜高几倍甚至几十倍，被称为“山菜之王”。蕨的根茎还可药用，有清热、滑肠、降气、化痰，治食嗝、气嗝、肠风热毒，舒筋活络等功效。

采回来的蕨菜，焯水清炒，蒜炸锅，加点盐，装盘，一枚一柄如玉如钗。色泽红润，质地软嫩，那味道有些青涩，有些清甜，有些清香；那口感，有些滑嫩，有些爽脆，有些黏稠，很是独特。是下酒好菜。还可以做汤：“猪肉解馋羊肉香，不如一碗蕨菜汤。”还可以腌制。多余的蕨菜开水焯一下，晒干贮存。蕨菜干没了新鲜蕨菜的苦涩味，口感上更加筋道。蕨菜干炒肉，夹起一筷子放进嘴里，味蕾大开。那菜干的嚼劲与肉的细腻共舞，落霞与孤鹜齐飞。

蕨菜，与许许多多野花野菜野草一起，给春天增添了许多生机，给人们的生活增添了许多情趣。对于推崇清淡素食、以新鲜绿色为饮食时尚的人们来说，采蕨菜，成为春天里美好的选择。

何首乌

家乡山多，草药也多，有记载的上千种。我们能叫出名字的也就三四十种，还都是能吃或能卖钱的。如此实用主义，想想有些脸红。桔梗、金银花、何首乌……念出它们的名字，就想起了它们的样子，闻到了它们的气息，那些何首乌牵藤拉秧，一队队、一团团抱在一起生长，两两纠缠，像是在跳双人舞，带着清晨的露珠和山野的清香，丰盈我们日渐荒芜的内心。

那时候，我们家兄妹多，都是上学的年纪，没有劳动力。父亲是村支书，不能像别人家的男劳力出去赚钱，母亲带着我们兄妹五人，日子过得很清苦。懂事的哥哥姐姐除了帮父母做家务外，还上山刨药草，卖钱贴补家用。

我第一次跟着哥哥姐姐身后上山刨的药草，就是一棵何首乌。

那是深秋季节的一个下午，我扛着小镐子，跟着哥哥姐姐去大沙洞上面的滑皮崖挖药草。满眼的灌木丛杂草杂花，我不知道哪一棵是有用的药草。半天下来，东瞅西望，只拔了几棵开着紫花辨识度很高的桔梗，就坐在一个树墩上，等着哥哥姐姐带我回家。百无聊赖中，发现前面的灌木丛里有一丛藤蔓，外观形状和山药、牵牛花有点相似，只是叶片稍小，爬在一棵栗树上。走近一看，茎很光滑，淡淡的红紫色，相互穿插伸延。茎尖部分柔嫩、青翠，阳光下是半透明的金黄色，叶片像一颗颗绿莹莹的心。叶子和茎旁躲着小而密的花蕾，白色的小花在夕阳的余晖里，像是夏夜天空中闪烁的小星星。一朵朵昂首挺胸，散发着幽幽的香气，引来了一群蜜蜂。我看得出神，哥哥姐姐从崖上下来找我了。哥哥一看那藤，兴奋地说，何首乌。

哥哥围着藤蔓清场打围，整理干净让我开挖第一锹，颇有些仪式感。我们小心翼翼地旋着边往下挖，害怕碰破了它。挖出来一看，有正常的山芋那么大，长得像只小象。卖到收购站，给了五块钱。妈妈大方地奖励我五毛。第一次挖药草，就有这么大收获，让我开心了很久。

何首乌的生命力很顽强，对生长环境要求不高。青绿的藤蔓攀附着身边的篱笆、石墙或灌木杂树，绿色的茎叶尽情地舒展摇曳，是房前屋后、山坡地界、篱笆墙上的风景。

山里人家常会在深山里挖到一些何首乌象形块根，长得奇形怪状。看起来像小猪、小象的都有。还有的像人形，有头脸，有手脚，甚至还有突显性别特征的“小奶奶”，或是“小鸡鸡”，更为奇妙的是，还能挖到像两个人拥抱着的块根，尤为珍稀。拣去杂质，洗净，用水泡至八成透，捞出，切片或切方块，晒干，备用。

家乡也流传着一些何首乌的神奇故事。传说八仙中的张果老倒骑毛驴，日行万里。那驴可以叠成一张纸放回箱子里，骑的时候，用水一喷，又变回驴子。他们之所以成仙，就是因为吃了千年何首乌的缘故。

山里人叫何首乌为夜交藤。传说从前有一个姓孙的山民进山采药，迷失方向，见天色已晚，只好露宿山洞。无意中看到洞口两株藤蔓，相距三尺多远，忽而相交一起，忽而一分两开，很奇异，认定其是个好东西。第二天，就把根挖回家，捣为细末，每天早晨空腹以酒送服。连服数日，神清气爽，步履轻快，花白头发变得乌黑、光亮，面色红润，犹如少年。连续服用，身强体壮，夫妻感情越来越好，十年之内，生了三儿三女，活了一百二十岁，子孙满堂。

泡一杯何首乌，啜上一口，醇厚甘甜，如同是把乌发如墨、青春永驻的美好期望，藏进了心里。

枸 杞

二三月，大地还没有醒透，春风还有微微寒意，后山的地界、石坡、灌木丛中，低矮的、根枝虬曲的枸杞树便爆出嫩绿的芽叶，很有些天不怕地不怕的野气，为满目萧瑟增添点点生机。

枸杞，我们家乡叫作狗奶子，大概是象形的缘故。

春天是青黄不接时节，各家各户粮食都不富余。我们这些早当家的孩子，很小就懂得帮父母分担家务，干点力所能及的事。比如，采野菜。

前滩、野地、后山坡，都是我们的领地。荠菜、蒲公英、马兰头，都是我们的采摘对象。特别是后山的那些枸杞头，更是我们争相采摘的好东西。

枸杞叶是青绿色、椭圆形的。嫩芽被我们当头揪掉后，浑身变得光秃秃的。不过，一场春雨下来，光秃秃的枝条又会冒出新的嫩芽，挂满晶莹的水珠。伸手一晃，晃落一串清亮的诗句。那肉嘟嘟、软乎乎的嫩芽，就是诗句中最为玲珑的词语。

这时候的枸杞头不怕揪，揪得越快长得也越快，日长夜大。野生的枸杞枝条上带着尖利的小刺，一不小心就会被刺到。刺得手冒血珠，疼得流眼泪。好在早春的枸杞正在生长，刺还没长成。如果那刺长得坚硬了，我们也有办法。带一根布条，把布条轻轻地缠在枸杞树下面的枝条上，然后抓着布条往上撸，枸杞叶就纷纷“落网”。

采回家的枸杞叶，洗净，凉拌或爆炒，都是舌尖上的美味。正如汪曾祺先生的“枸杞经”：“采摘枸杞的嫩头，略焯过，切碎，与香干丁同拌，浇酱油醋香油；或入油锅爆炒，皆极清香。”一箸入口，三生难忘。

到了四五月，村里人揭不开锅也不能去采枸杞叶了，要留着叶子放花、结果。暖暖的阳光一照，枸杞花在茎上顶出一点很小的花蕾，悄悄探出叶丛，慢慢绽开漏斗形淡紫色的花，有点像茄子花。由三三两两到密密匝匝，也就五六天时间，开得密集而热闹，像天上的繁星。娇小的花朵迎风摇摆，像一群快乐的小精灵在舞蹈，花蕊间发出的幽香引来无数小蜜蜂嗡嗡忙碌着采蜜。随风舞蹈的花朵，逗得小蜜蜂东倒西歪，像是喝醉了花蜜。

就在你赏花的时候，叶缝下已悄悄透出小小的卵形的枸杞果，在阳光雨露里奏响生命的乐章。呼朋引伴，青里泛红，越来越红，通红通红，像玛瑙，像珊瑚，像一个个小红灯笼，晶莹剔透，熠熠生辉。摘一个放嘴里，甜兮兮的，不过，比起桑葚、酸枣这些野果，它的味道还是淡了许多。所以，我们一个两个吃着玩，绝大多数卖到了收购站。深秋初冬，叶子落尽了，有一些“漏网的”还顽强地挂在枝上，特别显眼，慰藉着寂寥的山野。

枸杞早在西周时期，就已走红在人们的精神世界与物质世界，《诗经》里的“将仲子兮，无逾我里，无折我树杞。”求求你，我的仲子，别翻越我家门户，别折了我家种植的枸杞树。哪里是舍不得枸杞树啊，实在是害怕父母。年轻女子在家教和舆论压迫下的畏惧、矛盾心理跃然纸上。“翩翩者鵻，载飞载止，集于苞杞。王事靡盬，不遑将母。”鹁鸪飞翔无拘束，飞飞停停真快活，累了歇在枸杞树。官家差事无休止，老母无暇来奉养。和平和自由历来都是人们的追求和渴望。任意比兴，纵情歌咏，甚至将沾满露珠的、晶莹剔透的鲜枸杞与神圣的宗庙祭祀、盛大的宴饮联系在一起大唱赞歌，凸显枸杞的象征意义。

枸杞还被誉为生命树。《本草纲目》中有“春采枸杞叶，名天精草；夏采花，名长生草……”之说，神奇的保健功能一直为世人所称道。枸杞叶除了作蔬菜食用，还可以制成茶叶。补虚益精，清热明目。枸杞子养肝，滋肾，润肺。就是它的根也可以剥皮晒干，泡水或药用，能提高免疫力，延年益寿。

传说盛唐时有一西域商贾留宿某客栈，见一女子斥责一老者。商人上前责怪，女子说自己在训孙子，不肯遵守族规服用草药，弄得未老先衰。看客告知商人，女子是二百岁老人，孙子也 90 有余。商人惊诧，讨教高寿秘诀。女寿星告诉他自己四季服用枸杞。随后，枸杞传入中东和西方，被誉为东方神草。传说虽有夸张之处，但枸杞的保健作用历来也是医者和民众公认的。

我们叫狗奶子的枸杞，像一首纯诗，向不知诗为何物的山野，固执地展示古典的意境。

香 椿

惊蛰的雷声一响，惊动的不只是钻进土里越冬的蛇、蛙、蜗牛这些小动物，就连躲在东墙根打盹的那棵香椿也被惊醒了。梢头芽苞蠢蠢欲动，蓄势待发，我就知道，又一个春天到来了。

儿时家里的院子不大，父亲喜欢在房前屋后栽树。栽什么树是有讲究的。庄户人信奉前不栽桑，后不植柳。盼望人丁兴旺的心思很直白，多籽的石榴、结枣子的枣树，还有桃树、杏树、樱桃树，从春到夏，从夏到秋，花开得姹紫嫣红，热热闹闹；果结得橙红橘绿，喜气洋洋。

香椿没有这些果树幸运，开花结果，惹得人来人往。默默地植根墙角，尽量不碍人的事。或是立于小菜园边，权作挡鸡拦狗的篱笆。忍受着每年都被揪掉嫩芽的命运，不紧不慢地生长，平常很难注意到它，只有那嫩芽散发出特别的香气，引人垂涎。

一场春雨，几缕春风，香椿树黑褐色的枝头，突然就爆出花生米大小的芽苞，快速膨胀，三两天就挣脱了薄薄的灰色包衣，露出毛茸茸的小脑袋。绛红色的芽尖见风长，憋足了劲开枝散叶，绿芯红叶像是被阳光涂上了油彩，乌油油地发光。紫盈盈、亮晶晶、水灵灵、香喷喷，路过的人忍不住掐下鲜嫩的芽放在嘴里咂吧。

这时候的香椿芽属于头茬，鲜嫩爽滑，味道纯正，可以吃到谷雨前后。最简单直接的吃法最有味：香椿嫩芽洗净，用开水一焯，放点凉拌酱油就吃，满口生香。或是香椿拌豆腐，可算是苏北人春天餐桌的时令菜。掰下来的嫩香椿芽洗干净，开水焯过，切成碎末；开水中煮过的豆腐，切成细碎的小方块，加凉拌酱油、芝麻香油、盐、味精，拌一下，即可大快朵颐。或是香椿炒鸡蛋、炸香椿条，都让人爱不释“口”。这个时节家里来客，或是去大小餐馆，香椿都是家乡人待客的不二选择。一盘香椿拌豆腐，香椿炒鸡蛋，随便配点荤素，吃的是春天的味道，谈的是春天一样的心情。

吃了头两茬嫩芽后，再过些日子，又钻上来新芽，味道就没有前期那么鲜嫩诱人了。母亲就等着长一长，老一老，掐下来腌。洗净后用食盐卤一卤，腌在坛子里，冬天就多了一样下饭的菜。“老芽”比起嫩芽来，浓郁的香味淡了一些，多了些嚼劲。嚼一口，脆生生，香喷喷，清爽爽，满嘴生香。用那卤汁拌面条，也别有风味。

早春吃香椿芽还能防病治病。香椿营养纤维高于一般蔬菜，含有丰富的蛋白质，碳水化合物，还含有维生素、钙、磷、钾、钠，能补肾壮阳固精，消炎止血止痛，行气理血健胃。

摘了三四茬，母亲便不再动手采摘。她常说："人要知足，再摘就伤了它的命，让它长长伤口，不然明年一口也吃不上。"不识字的母亲，用适可而止的做法和朴素的言行，教会了我们善待万物，取舍有度，和谐相处的道理。

香椿不但是人类春天生活中不可或缺的一道时令菜，也是自然界源远流长的树木，还蕴含着丰富的历史文化底蕴。

种香椿树在我国历史已久，最早可以上溯到汉代。吃香椿芽，据相关资料记载，始于唐代。据说，唐朝时香椿芽是作为贡品，由民间采摘送到长安，供王公贵族享用的。到了宋代才摆上普通人餐桌。康有为在《咏香椿》中说"山珍梗肥身无花，叶娇枝嫩多杈芽，长春不老汉王愿，食之竟月香齿颊。"把香椿的叶嫩芽肥味香刻画描写得淋漓尽致，回味无穷。

香椿木在民间还有"中国红木"的美称，敢和小叶紫檀、红木相媲美，木质细腻，木纹漂亮，色泽莹润，能制作家具、摆件、手串，有收藏把玩价值。

村里人喜欢用香椿树的木板做箱子，哪怕是木箱中只镶嵌一块香椿木板，衣服放进去，也能防霉防蛀，打开箱子，还会有香气。谁家盖房也会找一段香椿木做房梁，结实美观，独特的气味能驱虫防蛀。寓意也深刻：身居香地，蓬荜生辉。

还有一种“臭椿”，光看叶子和外形和香椿像孪生姐妹。其实香椿与臭椿从枝、干到叶子及味道迥然不同。香椿叶为双数，臭椿叶为单数。臭椿叶深绿，香椿叶浅绿，叶梢有点发黄。放在鼻子上闻一闻，香椿叶清香扑鼻，而臭椿叶有一股怪味，难闻得很。

“头茬韭菜香椿芽，早春上市小黄瓜。”早春，香椿这味“树上的蔬菜”，是我们的最爱。

榆　钱

“春风先发苑中梅，樱杏桃梨次第开。荠花榆荚深村里，亦道春风为我来。”一夜春风吹得桃红李白，也吹得翠绿欲滴的榆钱，一片片、一串串挂满枝头。

榆钱形状圆，周边薄，中间突，和古时的圆形铜钱相似。吃起来清润可口，再加上与“余钱”谐音，捋榆钱回家，家有余钱，寓意也不错，因此深受人们喜爱。

伴着春风春雨，榆钱长成纽扣大小的圆形薄片，成片成串成簇跃上枝头，小伙伴也像小猴子一样，手脖上套个袋子，“呸呸”，在手心吐口唾沫，双手使劲对搓一下，甩掉鞋，攀住树干双脚一较劲，噌噌爬上树去，稳稳地坐在粗一点的树枝上。密密麻麻的榆钱，好像浸过油，透亮，用碧绿的眼神，诱惑着你。挑选浓密、绿油油发光的枝条，伸出左手拉住，右手从上往下一带劲，嫩绿的榆钱顿时在手心开出一朵花，鲜嫩，水灵。来不及装袋，先急切地填嘴巴里，清甜爽脆，不会爬树的伙伴在树下直咽口水。树上的也体谅，折一细枝，扔给他们解解馋。不一会儿，袋子满了，手被染绿了，身上也染出了别样的清香。

历代文人墨客对榆钱多有描述，庾信“桃花颜色好如马，榆荚新开巧似钱”，韩愈的“杨花榆荚无才思，惟解漫天作雪飞”，还有“榆荚争春春暗归，绿阴满径染苔衣”“欲买春花无定价，东风撩乱掷榆钱”。欧阳修吃罢榆钱粥后，也留下过“杯盘饧粥春风冷，池馆榆钱夜雨新”的诗句。

榆钱的味道确实不错。刚采下来的榆钱最适宜生吃，鲜嫩脆甜；凉拌榆钱，入口绵软，鲜嫩滑爽；切碎做成馅包饺子，蒸包子，清鲜爽口。也可以做榆钱粥，大米下锅，米将熟时放榆钱，煮几分钟，吃甜粥就加些白糖，吃咸粥，加些炒熟的葱花或蒜苗，喝起来甜滋滋、滑溜溜，香喷喷，别有风味；还可以拌上玉米面或白面做成窝头，上锅蒸熟，面粉的清香，榆钱的野味，浑然一体，蘸点蒜泥、香油和醋，香气馥郁。小小的榆钱变幻出多种滋味，淡香飘溢，回味无穷。采摘多了，还可以洗净晾干储存起来，在冬日里同样可以吃，亦是一道美味菜。在饥荒的年代里，榆钱曾被视为救命之物，为饿瘪了肚子的人们果腹。

榆钱的药用价值也很高，《本草拾遗》中说：“主妇人带下，和牛肉作羹食之。”《全国中草药汇编》里说：“安神健脾。治神经衰弱。”能清热利水，杀虫消肿，止咳化痰。治失眠，食欲缺乏，带下，小便不利，水肿，小儿疳热羸瘦，烫火伤，疮癣病症。经常吃，还能助消化、防便秘，是防病保健的良药。

稍长几天，榆钱便会变黄变白，再吃，味同嚼蜡。慢慢成熟后，有的会长成小的榆树叶；有的会随风飘落，开始生命的又一次轮回。

“东家妞，西家娃，采回了榆钱过家家，一串串，一把把，童年时我也采过它，那时采回了榆钱，不是贪图那玩耍，妈妈要做饭，让我去采它，榆钱饭榆钱饭，尝一口永远不忘它。啦……”每当哼起歌手程琳的这首《采榆钱》，儿时那段时光潮水一样，哗哗涌来。

榆钱成阵，野花缤纷。无限春光里，适宜去故乡，学那个诗人“收拾榆钱沽酒去，和衣醉倒百花丛”。

桔 梗

“桔梗哟，桔梗哟，白白的桔梗哟长满山野。只要挖出一两棵哟，就可以满满地装上一大筐。哎嘿哎嘿哟，这多么美丽，多么可爱哟，这也是我们的劳动生产。”每当这首欢快、明朗、流畅的朝鲜族民歌响起，一朵蓝紫色五裂小花，就像一口倒挂的小钟，在我的眼前耳边叮叮咚咚，唤回儿时上山采药草的光景。

大概是我读初中时的一年夏天，有人说桔梗这味中药材，会有人来收购，晾干的桔梗能卖到一块钱一斤，让大人孩子眼睛放光。

那时，大多数人家日子过得紧，突然有了这么个来钱的渠道，都很兴奋。小伙伴们摩拳擦掌，不用大人撵，争先恐后往山里跑。

家乡地处温带南缘，气候温和，无霜期较长，土壤肥沃，生态环境良好，药草种类繁多，生长旺盛。桔梗、金银花、葛藤、柴胡、灵芝，像是我们同生共长的伙伴，相互熟悉，也知道它们的药用价值。“草头方治大病”，所谓“草头方”，就是药草。谁家孩子伤风感冒，攒肚拉稀，小便不畅的，或是起大腮，生口疮，根据需要就地取材，房前屋后柴胡、金银花，田间地头的荠菜、车前草，沟边坡上的野菊花、灯芯草，随意薅一把，熬成热汤喝下去，病就好了。

桔梗扎根不是很深，一拃长，二十多厘米。常在阳光充足的山坡、林地边缘、草丛中生长。山土比较暄松，挖起来不费什么劲，锄头、铲子都可以用。只要肯吃苦，不怕累，爬山过坡去找，还是容易找到的。寒暑假、礼拜天，我们成群结队往山上爬，风门口、滑皮崖、虎口岭，都有我们的足迹和笑声。

桔梗的名字，《本草纲目》中解释是“此草之根结实而梗直，故名。”春天生苗，茎能抽到一尺多高。长椭形的叶子相对而生，嫩叶还可以煮了吃。茎也柔韧，被折断时，会有白浆冒出来。夏天开蓝紫色小花，单朵顶生，花冠五裂。未开放时，合起来像个小星星，也像僧人戴的帽子，还像打好结的小包袱。看起来和牵牛花一样，花落了开始结子。调皮的我们再忙也不忘玩乐，常常两只手掌夹起花来一拍，比赛谁发出的“啪”一声脆响更响亮，引得一阵笑声。花开放时，像一个个紫色的小铃铛在山坡上摇响。我们也叫它“铃铛花”“包袱花”和“捏小响”。因为它倒垂时像是我国古代的钟，拉丁学名也译为“中国钟形花”。

桔梗根如小手指大，黄白色，含大量菊糖，能增强人的免疫力，入药有止咳祛痰、宣肺、排脓作用，是中医常用药，也可以腌制咸菜。据说，在朝鲜半岛会被用来制作泡菜。

桔梗花很美，幽幽的蓝紫，如同一簇簇火焰在闪烁，在召唤。可花无百日红。深秋了，蓝紫色的花像泄气的皮球瘪在枝头，鲜艳的生命转瞬之间变得苍白憔悴。叶子也被风撕得小洞穿大洞，只是那枝被风搓揉得筋道了许多。四季轮回，生命由盛而衰。桔梗花既能点亮人的眼睛和心情，也能让你陷入忧伤和绝望。就像它的花语，既代表永恒的爱，也代表无望的爱，真是让人悲欣交集。

说到悲欣交集，想起弘一法师圆寂前三日曾写下“悲欣交集”四个字，大概是一面欣庆自己的解脱，一面悲悯众生的苦恼，有着说不尽的“香光庄严”。

俯拾记忆，那一地蓝色花朵润湿了目光，那清幽淡雅的味道让心情宁静。也看过许多种植物的花朵，想一想，还是更喜欢桔梗花。

卷 柏

我们常说："树挪死，人挪活。"在一般人的观念里，树、植物之类是固守一方水土，安营扎寨的。可也有例外，比如卷柏，它会行走。

卷柏，是家乡常见的蕨类植物，多年生草本，顶端丛生小枝，小枝扇形分叉，像松针叶，翠绿欲滴的小枝与外围枯黄的鳞片状小枝对比鲜明，远远望去好像一片小小的松林。耐旱力极强，在长期干旱后，只要根系遇到水，就又开始舒展，因而又叫九死还魂草。它有个"特异功能"，土壤水分不足时，就会自己把根从土里拔出来，卷缩成一个圆球，借助风在地上滚动，找到水分充足的地方重新扎根。当水分再一次不足，住得不称心时，还会继续游走，寻找水源。即便干透几年，放到水里一泡，依然能舒展开全部枝叶，重新变得生机勃勃，体现出睿智的生存哲学。

自然界的植物，看似懦弱，其实都蕴藏着适合种族延续的竞争智慧，从简单到复杂，都是为了应对生存考验。说起来，卷柏的“特异功能”是被环境逼出来的。它生长在向阳的山坡或岩石缝中，土壤贫瘠，是“崖头花”。蓄水能力很差，生长水源几乎全靠天上落下的雨水。但它的细胞能“随机应变”，干旱来临时，全身细胞进入休眠状态，停止新陈代谢，枝叶蜷曲抱团，绿色消失，变得枯黄，像死了一样。下雨时有一些过路水流过，不失时机，尽力吸收难得的水分，全身细胞重新恢复正常生理活动，舒枝展叶，碧绿生青，“死”而复生。仿佛干旱时它就睡，遇到水再醒来。凭着有水则生、无水则“死”的本领，卷柏不但旱不死，反而繁衍生息，代代相传。民间又称它为还阳草、万年青。

小时候母亲讲过，在云台山顶生长着一种能起死回生的仙草。有一年民间大旱，瘟疫流行，很多老百姓流离失所。东海小龙女不忍百姓受灾，偷偷跑出来上山采仙草为百姓治病。龙王知道后，一怒之下把龙女打入人间。龙女到人间后变成还魂草，普救众生。这种还魂草就是卷柏。

卷柏既可观赏，又可药用。性辛，温，甘，微寒。全草有止血、收敛的效能。《别录》记载，卷柏生常山山谷石间。五月、七月采，阴干。陶弘景说，“今出近道。丛生石土上，细叶似柏，屈藏如鸡足，青黄色。用之，去下近沙石处。”村里人会将它烧成灰，内服消炎止血，对胃疼、手脚麻木、咳嗽有治疗作用。将卷柏磨成的干粉和菜油拌起来敷在伤口处可以治愈刀伤。医书上还说孕妇难产时，将卷柏含在口中，嚼烂咽下汁液，有顺产的效果，我们村里没人试过。可有人试过将磨碎的卷柏干粉和鸡蛋清调和后制成面膜，长时间敷用有祛痘美白的效果，会让面部光洁，确实是这样。

卷柏对人的帮助不少，它的生存智慧也值得人借鉴。在生存的顺境和困境交替过程中，卷柏以超强的毅力和忍耐力，不断探索，抢抓机遇，勇敢前行，构建自己想要的人生。

故乡的崖畔，卷柏这株崖头花，把山崖切割得耸立起来，层层叠叠地裸露，像一页页翻开的书籍，展示着历史的痕迹，也展示着故乡人敞开的胸怀。卷柏以它不懈的努力，绽放不老的绿意，给这本翻开的书籍做插画。

大紫草

“云台三样宝，黄芩百合大紫草。”是千百年来云台山民口口相传的药谚，可见，这三种野生中草药在人们认识和应用过程中的重要。

爷爷给我们讲古，说大桅尖上长有黄芩、百合、大紫草三棵仙草，长年累月汲取日月精华成了精，变成黄袍大仙，白袍大仙，紫袍大仙。夜晚放出黄色、白色、紫色三色光芒，如三座灯塔照耀着大桅尖下一大片海空，给打鱼归来的渔船指明航向，造福一方百姓。

云台山风貌独特，北方寒带植物，南方亚热带植物，在这里都能生长。靠山吃山，多种多样的植物品种，给山民提供了丰富的生活资源。山上四季不断的树头山菜可以吃，平时有个头疼脑热也不用找医生，自己采点草药就能治好。特别是大紫草，应用更是广泛。

大紫草是紫草科多年生植物。棵形像芝麻。干上枝上叶上都长满了白色小绒毛。根比较粗壮，颜色发紫，扭曲成圆锥形。一根直立的茎，有的基部分成二歧。基生叶丛生，线状披针形。蝎尾状聚伞花序密生于茎顶，花序顶头状。夏日茎梢叶腋开小白花，花冠五裂，结光亮而坚硬的小果实。

爷爷告诉我们，大紫草野生野长，不用花钱买，庄上人都拿它当宝贝。有个姓张的先生，有风湿性腰疼，腰常疼得直不起来。听说大紫草沤酒能治风湿类风湿、风湿骨痛，就把刨来的一根紫草根放进酒瓶中沤。紫草根没入酒中，冒出缕缕紫烟，飘然而上，几分钟时间，漫布整个酒瓶，透明的无色酒液变成了紫罗兰色，如烟如雾，如梦如幻。张先生每天喝三次，每次喝八钱，喝了三天，腰就不疼了。把剩下的紫草酒喝光，腰疼病再没复发。隔壁金奶奶早年得荨麻疹，就用麻油炸大紫草，去渣后，每天用馒头蘸油吃，吃了几天，也痊愈了。古籍《本草经》上，说它性寒，味甘咸，有凉血、活血、解毒的功效，主治斑疹、丹毒、麻疹、痈疖，庄上人也用它治烫伤、刀伤，止血和消炎镇痛的作用，比医院里的专用药还灵验。

大紫草还可以做染料、食用色素，还可以制作口红，不仅有鲜艳的颜色，还有滋润嘴唇、防止干燥和开裂的作用。

大紫草的发现，还有一个类似于东北人参娃的故事，也是代代相传。爷爷讲，过去大桅尖下有户张姓人家，男人叫张三，以采药为生。娶个老婆叫梅花，生孩子时难产而亡，留下一个儿子根柱和张三相依为命。他每次进山采药，就把没人看护的根柱锁在家里，根柱总是要哭闹一会儿。过了一段时间，张三发现儿子不哭了，便问他是怎么回事。根柱说，每天父亲走后，便有个穿紫衣的小孩来和他一起玩耍。张三心里起疑，便找了个线团，穿上针，交给儿子，让他等紫衣小孩来玩时，偷偷别在小孩衣服上。根柱听父亲的话，一一照办。父亲回家后，顺着线找到了一棵大紫草。挖起来一看，乌紫乌紫的根子像个大胡萝卜，有一尺多长，便知是个宝贝。吃了以后，身轻体健，便推荐给附近山民，山民又往山外流传，知道的人越来越多，其应用也越来越广泛。

人们见大紫草灵如仙丹，有病能治病，没病能强身健体，便都去挖它，越挖越少，以至于本来分布较广的资源所剩无几，很难再寻到它的踪迹。

近年来，人们生态保护意识越来越强，认识到生物多样性的重要。不少人在寻找、保护、人工繁育大紫草，相信不久的将来，大紫草那紫色的光还会把云台山照亮。

黄　芩

李时珍在《本草纲目》中引用过南北朝时梁代名医陶弘景的话："黄芩'今第一出彭城，郁州亦有之。'"彭城，即徐州，郁州就是我们云台山的古称。说明云台山自古就出产黄芩。

还有一个传说可以佐证。说的是云台山藏有千年紫草，百年黄芩，每逢阴雨天，灵气会聚，幻化成穿着紫袍、黄衫的两位道骨仙风的白发仙翁，立于大桅尖、二桅尖峰巅。骤雨初歇，出岫轻云缭绕山间，两条山涧流淌着紫、黄两种颜色的溪水，到大沙涧交汇一处时，溪水就变得五颜六色，流入山下良田沃壤，给人们带来五谷丰登。

传说不可尽信，现实中的黄芩在云台山却是真实存在的。黄芩本名"芩"，是芩草，因草色黄而有俗名"黄芩"，是多年生草本植物，叶对着生，披针形暗绿色；花紫色，在茎及枝上顶生，常于茎顶聚成圆锥花序；根茎肥厚，肉质，颜色深黄。黄芩新根，颜色鲜黄坚实，叫条芩、子芩；老根颜色暗褐中空，叫枯芩、片芩。因为黄芩长老的时候会烂空，所以它还有一个名字叫“腐肠”。有人考据说，古时候“肠”字可能也指“腹”字，肠也好，腹也罢，总之就是中间烂空。我们一般买药，都要买纹理细密、密度高、外形漂亮的，买黄芩则不同，如果买老的黄芩，养养心肺，就反其道而行，外形松松空空的就可以。“得酒，上行；得猪胆汁，除肝胆火；得柴胡，退寒热；得芍药，治下痢；得桑白皮，泻肺火；得白术，安胎。”

在家乡云台山的向阳坡地上，时能见到黄芩。夏日里，山里人家喜欢采些黄芩叶，制茶喝。记得大沙涧的一面草坡上，黄芩生长密集。走进山林，色调还是以绿色为主，山林里的植物们，利用光合作用，制造了大量清新的氧气。微风吹过，有松树油脂和花草的香气。黄芩开出的一片蓝紫，让人眼前一亮。靠近细看，在对称的一对小叶片之间，顶出一朵蓝紫色的、略有些筒形的小花。每个间隔处都有一朵，形成一串串花棒。既不影响每朵花儿的光照面积，又方便花儿授粉，为种群的繁衍提供便利条件。

采回来的黄芩叶，去除杂草后切成颗粒，直接在阳光下晾晒，叫生晒茶，晒干就可以泡水。还可以把新鲜的黄芩茎叶放锅里蒸或煮十来分钟，晾干后切成颗粒，叫熟黄芩茶。两种茶口感不一样，前者有青草发芽时的草香味，后者有微微的苦、涩，但有回甘。

村里张医生说，黄芩全株都能入药，主要功能是清热解毒、抗炎利尿、降压、抑菌、凉血安胎。可以治疗温热病、上呼吸道感染、肺热咳嗽、温热黄疸、肺炎、高血压、肿痛疥疮，抗菌的能力比黄连还要强。说是黄芩还治愈了李时珍的肺热病，“一味黄芩汤，以泻肺经气分之火，遂按方用片芩一两，水二钟，煎一钟，顿服。次日身热尽退，而痰嗽皆愈。”一味黄芩居然起到了立竿见影的治疗效果。有人以诗发表感慨“宿根外黄内却黑，腹中腐烂更奇绝。泻火祛淋治痈肿，止血安胎除诸热。一药协耦行四径，独味治疾亦千百。如鼓应桴善肯綮，医中之妙要承接。苦芩竟救一巨人，本草纲目世人得。”李时珍对这味中药甚为推崇，称之为“药中肯綮，如鼓应桴，医中之妙，有如此哉。”

如今，生态保护、绿色发展的理念深入人心，黄芩和其他一些中草药还会在山野繁茂，“但说今年秋雨多，黄芪满谷无人采”将不再是古诗中的景象。

小鬼叉

鬼针草是我们乡下常见的杂草，我们小孩子叫它小鬼叉，满满的嫌弃和鄙夷。

小时候，没有什么补习班、兴趣班，上学之外的时间大多自由支配。哥哥姐姐上山搂草，下河摸鱼，地里剜菜，嫌我碍手碍脚，都不想带我。母亲给我找了个差事打发我，买了只小黑羊给我放，后山的青草坡就成了我和小黑的老地方。

后山在我家屋后，离学校也不远。坡上杂树灌木野花野草，各安其位，一派繁茂。早上上学前把小黑系在一棵楝枣树下，下午放学就去接它，松开绳子让它自由自在到处溜达。艾草叶散发出一缕缕清香，牵牛花漫不经心地爬着藤蔓，鬼针草最活跃，乘你不备，针“抓”着你的衣服和裤脚，跟着你跑。小黑口细，只顾认真地一口一口吃它的嫩草，就像我一笔一画地写作业。吃一会儿，抬头看看我，我们交换一下眼神。吃饱了，就会用它的犄角抵下我的腿。我用手握着它的犄角，温乎乎的，它一动不动，我们交换一下体温。顺手把挂在它身上的小鬼叉，一根一根地摘下来。

别看鬼针草“针”烦人，它的花却很好看，花期也长，从初春到深秋，在阳光下开得灿烂。四棱形的茎，青里泛紫，青绿的叶对着长。擎着细长的青枝，开着明净的小花。花心是黄色小穗状的，花瓣像白色的舌头一样。花色动人，有些像小野菊，簇簇拥拥，聚合成群，金杯银盏，盛满流光。幽幽的，素素的，疏密有致，纤秀可爱。那花好像带一点点巫气和灵气，拿手一碰，就会掉落。即使在初开的花朵中也难见到完整的一轮“花冠”。如果想摘一把回家插瓶里，还没到家，花瓣就落完了。以舍取得，固守着自己简单的生存之道。

单薄的小花，花落结果。瘦果如黑色小细棒，略扁有棱，顶端有三四个短刺，坚硬，倒钩，像长了鬼眼，逮着目标，就“奋不顾身”地一头扎上去。细长的尖端有几个长尖刺，叉子状钩在人和动物的身上，密密麻麻的。如果不小心让那小小的倒刺刺到肉里，还有点疼。用手拨弄它是不管用的，要一根一根地摘，颇费些时间，还要有耐心。来年，你扔它们的地方，就又会长出一丛鬼针草。

一个物种要维持生存，自有一套生存法则。它粘着你，是为了播种安家。理解了它的机灵鬼般的狡黠，也就理解了它的名字。它不管你怎么看，活得自由自在，张扬恣肆，美丽，自信，独立，顽强，用自己的热情点燃生命，不经意间，漫山遍野都是它们的身影。

收割鬼针草最好在秋季，连根拔起后，把针和花打掉，晒干贮藏。鬼针草性温，味苦，无毒，全草入药，是民间常用草药。要是哪个不小心磕破了皮肉，或被蛇虫咬了，就把鬼针草捣碎，敷于伤口，或捣汁涂抹，或煎水熏洗。用它们煮水洗澡，可以去除婴儿黄疸和湿疹，也可以祛除青春痘印。村里人当季都会采收一些，晒干备用。通常老房子的墙洞里，都能找到鬼针草。把草剪成一两寸长，一次抓两把，用水稍加冲洗，去掉沙土，然后熬成汤，当茶水喝，能缓解由上火引起的嗓子肿痛，缓解胃胀，调节免疫力，治高血压，治胃病。中医将它与其他草药配方煎服内用，清热解毒、散瘀活血。能治上呼吸道感染、急性阑尾炎、胃肠炎、疟疾、肿痛疮疖。对治疗白血病，也有效果。

鬼针草不鬼，以杂草的形象，出现在我们面前，跟踪着我们的身体，跟踪着我们的病。讨嫌的姿态里，藏着慈悲的心。

灵 芝

不少人听过关牧村唱的“珍贵的灵芝森林里栽，美丽的翡翠深山里埋”，看过电影《白蛇传》中，白娘子因服雄黄酒现出真身吓死许仙，遂前往昆仑山盗得灵芝终使其起死回生，由此知道有一种仙草叫灵芝。家乡云台山上就生长着这种仙草。

云台山大大小小二百多座山峰，层层叠叠，绵延起伏。山中古木参天，草木葱茏，泉碧水清，云遮雾绕。素有“百里青山聚灵气，千种仙草藏奇峰”的美誉。山里人素来有采药草的习惯，采灵芝是其中一样。

灵芝，一般生长在潮湿、光线昏暗的深山林中，那里落叶多，树杈多，灵芝就着树木落叶的余气，附着在腐朽的栎树、枫树这些树的根部和树桩上。刚冒出来时呈嫩黄色，成熟后变黄褐色。紫色柄上托着一个盖，盖上有条纹，看上去就像地上开出的花一样。“花”有半月形，有圆月形，有荷叶形，形状各异，质地坚硬，有光泽，像是涂了一层亮漆。遇到形态好看的，大人不舍得泡酒，也不舍得卖，制作成小盆景，放在家里，或是送人，古朴典雅。

一般灵芝的生长周期为一年，也有多年生灵芝，但时间长了，有的会腐烂，被虫蛀，或木质化。所以，“花开堪折直须折”，七八月份就要动身采摘。

采药也靠缘分。进山前，要拜拜山神，保佑行程安全顺利。再套上长筒雨靴，扛着镐头化纤袋，拄着木棍进山。木棍的主要作用是“打草”，以便“惊蛇”。蛇和灵芝都喜欢阴暗潮湿的地方，草丛里，树枝上，突然和蛇遭遇是常有的事。有经验的人会备上药。也会碰上蛇“守护”灵芝的情景。本家有个大爷，经常去山上采药草。一次发现一棵很大的灵芝，色泽饱满，形如祥云，仿佛还有淡淡的雾气缭绕。大爷心中一喜，刚伸出手，发现一条花蛇盘在灵芝根部，昂着头，吐着信子，好像说，你来试试。吓得他转头就跑，忘了蛇不主动攻击人，边跑边回头，害怕蛇追上来。事后想想，觉得那棵灵芝有仙气，蛇在守护它。

他也会给我们小孩子讲一些灵芝的故事。说神农尝百草中毒，吃了灵芝转危为安；炎帝的小女儿瑶姬，未成年便死去，化成了精气之草灵芝；住在蓬莱仙岛的麻姑，每年西王母过生日时，都要用灵芝草酿成仙酒献给西王母做寿礼，麻姑也被西王母封为“女寿仙”；彭祖因为服食灵芝及修炼导引术，活到数百岁无疾而终；还有“芝草瑶台救难”“太上老君灵芝炼仙丹”“泰山灵芝救母”，灵芝在我们眼里蒙上了一层神奇又神秘的色彩。

灵芝有没有起死回生这般神奇，我们不知道，但灵芝扶正固本、滋补强壮的药用和养生价值，是早就被认可的。

《神农本草经》记录灵芝六个品种：赤芝、紫芝、黄芝、青芝、黑芝、白芝。说紫芝“主耳聋，利关节，保神，益精气，坚筋骨，好颜色，久服轻身不老延年”。说赤芝“主胸中结，益心气，补中增智慧不忘，久食轻身不老，延年成仙”。东晋的名医葛洪在他的著作《抱朴子》一书中对灵芝也有记载：有一种“七明九光芝”的灵芝，人们一入口就会“翕然身热，五味甘美”，连食一斤，不但可以返老还童，还能“夜视”。

现代医学也证明，灵芝的确是含多种生理活性物质，能增强免疫功能，提高机体抵抗力，能在整体上调节人体机能平衡，调动机体内部活力，调节人体的新陈代谢，促使内脏或器官机能正常化，对神经衰弱有协同治疗作用，还具有抗疲劳、美容颜功效。

不论是干灵芝还是鲜灵芝，家乡人喜欢切薄片泡水，每天两三片，也用来泡酒或是煲汤。为维系人的健康，灵芝绽放出另一种年华。灵芝鸡汤是一道地道的传统美食，不仅能增强我们的抵抗力，还可以调节身体的分泌状况，延缓衰老。

灵芝，历来是美好与吉祥的象征，被称为瑞草。灵芝的菌盖，和如意形状大为相似。在灵芝身上，我们寄托着延年益寿、吉祥如意的美好愿望。

艾　草

艾草，是一种不起眼的植物。人们常常把它当作治病祛邪的药草。其实，更多的时候，如清明折柳一样，五月插艾是一种文化和精神的滋养和传承。

惊蛰前后，百虫出洞，艾苗也破土而出，发芽，长叶，拔节，竭尽全力地生长着。田间地头，沟边河畔，随处都能见到它们的身影。蜷缩的枝叶，被初夏的阳光和清风喂养得青翠欲滴。十天二十天，便亭亭玉立，风姿绰约。一片片，一丛丛，一棵棵，在远离喧嚣的宁静里，在远离世俗的淡泊中，站成一句句凝重的宣言。那含着苦味的草木香气，有点禅意，很智慧，似乎也有解脱的喜悦，但底蕴是深厚的，清苦的。在百草丛中，卓然挺立，按自己的方式展示自己的生命，用自己的生命维护自己的个性。

那苍翠的叶片，泛着清白，茎叶如菊，脉络清晰。那茸茸的白，是山间氤氲的雾气，抑或是水畔莹润的露汁，泛着清亮的光泽。有些迷离，有些梦幻。淡淡然，浅浅笑，如临水照花的女子。千百年来，那幽幽的清香一直缭绕在已然泛黄的诗卷里。“彼采艾兮，一日不见，如三岁兮。”《诗经》里的那株艾草，折射的爱情是这样的质朴，这样的纯粹！那般的浓烈，那般的缠绵！那采艾的纤纤素手，不知曾落在哪一枚叶片上，那采艾的女子，也不知了去向。

“五月五日午，天师骑艾虎；蒲剑斩百邪，鬼魅入虎口。”这是一首描绘端午节的古民谣。老人们也说，蒲剑斩千妖，艾鞭招百福。古往今来，端午时节，千家万户都在屋檐下房门上悬挂着艾叶和菖蒲。《孟子》记载：“犹七年之病，求三年之艾也。”《庄子》中也有“越人熏之以艾”的记载。可见用艾治病、祛毒、辟邪有着悠久的历史。李时珍《本草纲目》中说：“服之则走三阴，而逐一切寒湿，转肃杀为融合；灸之则透诸经而经治百种病邪，起沉疴之人为安康。”充分肯定了艾的功效，古人称之为百草之王。

儿时的端午，母亲会起个大早，割来太阳升起之前、夜露打湿过的艾草、大蒲、茅草、金银花藤、枸杞藤等“百草头”，结成一束一束插在屋檐下、门框上，挑出艾草编成绳放在房子里阴干，剩下来煮开兑上雄黄倒在大盆里给我们兄妹泡澡。洗完澡，母亲会给我们手腕脚腕扣绒，戴上她用五彩丝线和碎布头钩绣，或菱形或三角形或锁形的放入艾草碎末和苍术、白芷、丁香、冰片、薄荷等香料的香囊，母亲说，这样蚊虫就不再叮咬我们了。收拾停当，母亲会让我们拿上甜糯的粽子分送左邻右舍，也会带回别人家口味不同的粽子。

乡间五月，天气潮湿而燠热，百虫蠕动，晚上在庭院或庄上的打谷场乘凉，母亲会点燃艾绳，青烟起处，艾香弥漫，蝎子、长虫、蜈蚣、壁虎、癞蛤蟆这五毒就不敢近我们的身了。

艾如一位智者，以神秘的语言，劝导百虫各归其所；又如一位仙子，轻舞广袖，佑护一片洁净之地。

“端午时节草萋萋，野艾茸茸淡着衣；无意争颜呈媚态，芳名自有庶民知。”艾草跟世上大多数苦涩的事物一样，其优秀的内质散发出苦涩的芬芳。与其他杂草一样平凡，枝叶里却深藏着神奇的能量。没有绚烂的花朵招摇，却能祛百邪；没有累累果实炫耀，却能治百病。

秦砖汉瓦，沧海桑田，无论时代如何迁演，都不能改变春夏秋冬四季八节跟我们生命的内在关联。

“清明插柳，端午插艾”，古老的传统历经了数千年，承载了中国传统文化的基因，是炎黄子孙骨子里浓得化不开的血脉延续。五月插艾，坚守的不仅是一种习惯，更是对古老文化的研习和传承。我们插艾，也插时光，也插一脉相承的传统和生活。

卷 耳

卷耳，也叫苍耳，并不鲜见。平原丘陵，荒野路边，残破的矮墙、乱石丛中，都能发现它绿油油的身影。小小的一株植物，叶如鼠耳，丛生如盘，盛得下清风，盛得下明月，盛得下任何目光的审视。

“采采卷耳，不盈顷筐。嗟我怀人，寘彼周行。”春风拂面，阳光和煦，地上的卷耳一片繁茂。妇人们一边唱着歌儿，一边采摘卷耳的嫩叶。人群中一个面容清秀的少妇，心不在焉，怎么也采不满盛菜的小筐。干脆把筐丢在大路边，那是丈夫当年离开的地方。她手搭额前，眺望远方，脑海里想象着丈夫在远方的情景，渴望他能突然出现在自己面前。也不知远方的心上人是否也在想念着自己。没有“执子之手，与子偕老”那样的誓言，心中的幽怨、苦楚、情思，被一望无际的思念和无奈裹住，在心里翻涌。恨不能变成小小的卷耳，黏附在他衣服上，随他去任何一个地方。

不管后人理解成“后妃怀文王”“文王怀贤”，还是“妻子怀念征夫”“征夫怀念妻子”，都不能否认，诗人是以实境描画来寄托怀人的情感。

怀人是世间永恒的情感主题，跨越了具体的人和事，而《卷耳》为怀人诗开了一个好头。多多少少影响了张仲素的《春闺思》、杜甫的《月夜》、元好问的《客意》等一大批书写离愁别绪、怀人思乡的诗歌，或者说，这些诗歌与《卷耳》一脉相承。

在其他植物尚未萌发时，惊蛰的一声惊雷，卷耳睁开惺忪的睡眼，奋力从土里钻了出来，探头探脑地观察外面的世界。它的繁殖和侵占力极强，常与婆婆丁、荠菜、羊蹄菜混杂一堆，生长旺盛。越是贫瘠的地方，越向深扎根，长出亭亭玉立的枝干，根状茎细长，绿色中常带淡紫色。茎上擎着三角形的叶片，夏季开淡白的小花，每朵有五瓣，每一枚花瓣两裂，像是被一笔拖长的心形。星星点点簇拥直立，几天后，侧枝花朵就会垂下来，温柔可爱。细小的花开过后，长出一簇簇绿绿的小卷耳，满身密密麻麻的小刺，看起来毛茸茸的，摸起来一点也不扎手。到了秋天，枣核形的青果变成了褐色，钩状尖刺越来越硬，黏附在牛羊和人身上，去远方开疆拓土。

卷耳的嫩苗柔嫩，可以吃。凉拌、清炒都可以，做蛋汤也不错。可以入药，能治感冒、头风、头晕、鼻渊、目赤、目翳、风湿痹痛、拘挛麻木、风癞、疔疮、疥癣、皮肤瘙痒、痔疮、痢疾。

即便到了冬季，它仍然伫立在风中，翘首盼望，一旦令它心仪的人或动物出现，便毫不犹豫地挂上他们的衣服或皮毛，跃上他们的脊背，跟随他们旅行。来年春天，无数棵卷耳将繁茂于大地之上。

儿时的卷耳，是草丛中粘挂在衣服上的刺果，招人烦。长大了读《诗经》，才了解这个勾连植物的深意，和那裹藏在刺果里的入骨相思。

连　翘

周末回老家，去后山转转。不期然与坡上一片黄灿灿的连翘相遇，连翘的枝条，冲着天空尽情蜿蜒伸展，枝条上成串的花朵，举起金色的小喇叭，吹奏着春之圆舞曲，召唤山野里花草树木的灵性，也召唤我遗落在此的童年。

我静静地坐下来，坐在它们面前，坐在这首不期而遇的乐曲面前，走进岁月深处。

小树样的冠，挂着黄色的朵儿，玲珑有致，像极了迎春。小时候分不清，姐姐告诉我，连翘的“翘”，是举起向上的意思，它的枝条是向上伸展的。迎春是迎接春天的，恭敬地弯腰鞠躬，枝条就沉沉地垂在地上。迎春花朵一般为六瓣，连翘花朵多数是四瓣；迎春花有一根喇叭状的花柄，花朵朝上；连翘花朵没有花柄，花朵下垂；迎春小枝为绿色，连翘小枝浅褐色；连翘花结实，迎春花很少结实。此后遇见，便迎春是迎春，连翘是连翘了。

立春过后，迎春一串串一丛丛的金黄，哗啦啦拉开春的序幕，白的玉兰，红的桃花，一个接一个地开。连翘不急不躁，干枝上干硬的荚，像是裹紧的茧，挨到春分过后属于自己的季节，才像睡醒一样，欣欣然睁开眼。仿佛一夜之间，枝丫便爬满嫩嫩的绿绿的花苞。三四天工夫，黄色花瓣变戏法似的，钻出花苞，过个五六天再看，细细的枝条上开满黄色的花朵，像是无数只破茧而出的蝴蝶，把个春天飞舞得喧腾活泼，激发出无限的生机。

这时候，母亲会把姐姐带着我们采回来的连翘花，炒制成茶。晾青、杀青、再晾青，揉捻、炒茶、整形、烘干，茶香氤氲。

连翘的花能制茶泡水，叶子、枝条、果实、根都能入药，医治病痛。医书记载：连翘为木樨科植物，枝中空无髓，早春先叶开花，花开满枝金黄，摇曳生姿。常用的连翘入药部分是果实。连翘花凋谢后，会长出小巧的青翘，攀附在枝条上，如一支神杖串联起无数颗星星。你挤着我，我拥着你，似有喧喧的笑声从树丛间荡漾而来。经过夏日的风吹日晒，到了秋天渐渐变成隐没于藤蔓中的老翘。

果实初熟或熟透时，我们都去采。初熟的果实采下后，蒸熟，晒干，还带绿色，叫“青翘”；熟透的果实，采下后晒干，叫“老翘”，都有清热、解毒、散结、消肿的作用，能治温热、丹毒、斑疹、痈疡肿毒、瘰疬、小便淋闭。一季采个四五十斤卖到收购站，能有二三十的收入，可以解决学费书本费这样的大问题。

姐姐边采连翘边给我讲，五千年前，有个叫岐伯的人带着孙女连翘采药。一天，岐伯品尝一种药物，不幸中毒。连翘抱着爷爷哭喊不应，情急之下，顺手捋了一把身边绿叶，揉碎，塞进爷爷嘴里。爷爷奇迹般苏醒，逐渐恢复健康。岐伯研究救命的绿叶，能清热解毒，便记入中药名录，药名就以孙女的名字连翘命名。

年纪稍长，知道连翘的花语是魔法，说是睡觉时在枕头下压着连翘，可以梦见未来丈夫的容貌。便偷偷采了连翘压在枕头下，可每次醒来都没有梦见谁的容貌，不知是“魔法”失灵，还是梦到了谁，醒来又不记得了。

“千步连翘不染尘，降香懒画蛾眉春。虔心只把灵仙祝，医回游荡远志人。”时光深处，连翘走过春，度过夏，遇见秋，越过冬，开了谢，谢了又开，如同人们的渴望与期盼，在季节的轮回里生生不息。

大百合

记得母亲最喜欢百合。小时候，后山的山坡草丛、路边溪旁或石缝中，都能看到它们的身影。收工回家的母亲会随手采两支插在瓶中。我家园子的一角，也种了一丛。有的开一朵，有的几朵排成伞形。花瓣向外张开，用力吹送香气，吹出初夏的繁茂。左邻右舍也都喜欢种百合，花开时节，小院、村庄、山野都淹没在百合的香气里。

百合的根像大蒜头，一支笔挺的花秆上散生着细长碧绿的叶片。秆顶挂着一朵或几朵淡绿的花蕾。花蕾一炸开，花蕊就伸了出来。金黄的蕊上点缀着米粒大的小白点，带些初出闺阁的娇羞。花瓣或雪白，或粉红，翎毛似的六瓣，聚合在一起，极其紧凑。瓣尖朝外弯出去，无端地有些俏皮。整棵百合色彩艳丽，招蜂引蝶。在煦暖的阳光下随风摇曳，宛如一个个亭亭玉立的少女翩翩起舞，姿态优雅。

到了秋季，茎叶变黄，慢慢枯萎，百合就可以采收了。挖出地下鳞茎去掉泥土，把鳞茎剥离成片，放入沸水中煮一下或蒸几分钟，捞出来摊在竹席上晒干就可以保存了。晒干后的百合鳞片是长椭圆形，淡黄色，中间厚边缘薄，微微内卷，是药食兼优的滋补佳品。其味甘、性平，能润肺止咳、清心安神、清热凉血、美容养颜。百合的鳞片紧紧抱合在一起，常有百年好合的寓意，被人们当作吉祥之物。

在我们家乡，百合也叫大百合，棵子大，能有一人高；朵长口大，像只喇叭；根鳞茎球大，大的能有一斤。乡邻都认为这样的百合力大，大补，“白合补男，红合补女。”邻居有个肺病患者，常年用百合和糯米放在一起煨着吃，缓解症状。老人小孩冬天咳嗽，得了气管炎什么的，也靠煨百合来治。家家都栽些备用，也都会像母亲一样，挑出肉厚、颜色白、质地坚硬、半透明的上品，卖到收购站，换些零花钱。

百合鲜干都好吃。母亲会给我们做百合莲子粥、百合银耳汤、百合冬瓜、百合西芹，还有加百合花粉蒸的馒头，隔着多少年回想，嘴里还有百合的余香。

吃归吃，母亲总会留一些产量高、味道好、个头大、颜色白、整体完好饱满的做种。选好种子，要整平地，在整好的地面上挖出浅沟，将鳞茎栽到沟里，每株间隔一拃长，盖上土，然后浇水保墒。期待它们出花芽，抽新茎，开出花朵，散发出芳香，园角一派繁盛。百合不耐寒，冬天一到，母亲就惦记着用稻草帘子，盖在花根上，像爱护孩子一样。

百合素来高雅、洁净、自尊自爱。记得林清玄有篇散文《心田上的百合花》，写的是在一个偏僻遥远的山谷断崖上，有一株百合花长在杂草丛中。没开花前和杂草一模一样，但它内心知道自己是一株百合。它努力吸收水分和阳光，深深地扎根，挺直胸膛。面对野草和蜂蝶鸟雀的嘲笑和鄙夷，它说："我要开花，是因为我知道自己有美丽的花；我要开花，是为了完成作为一株花的庄严使命；我要开花，是由于自己喜欢以花来证明自己的存在。不管有没有人欣赏，不管你们怎么看我，我都要开花！"它努力地开花、结籽。它的种子随风落在山谷、草原和悬崖边上，到处开满洁白的野百合，终于游人如织。

母亲没有读过林清玄的散文，可她对百合的喜爱是一样的，也有着百合的品性。即使生活在农村，即使经济拮据，条件、环境都不尽如人意，可她也自尊自爱，向阳而生。平时不管在家或出门，头发梳得纹丝不乱。即便粗衣麻布，打着补丁，衣服依然干干净净，理得平整顺滑。即便吃了上顿没下顿，依然保证孩子们有学上，以自己的坚守，为孩子们争取学习工作的机会，赢得了家人和乡邻的尊敬。

时光似百合花香拂过，触摸不着，却能感受到它正一点一点地氤氲而来，谷雨一样温润，小满一样丰盈。

巴根草

巴根草，听起来是不是很接地气？它是乡野最不起眼的野草，荒郊、野外、山坡、土岗，随处可见，随意生长。耐热耐寒，耐涝耐旱，像乡村的孩子一样皮实。有一点点土就能生长，任你如何踩踏，也不死，顽强地巴着地缝，横长竖长，一棵能岔出乱七八糟一大片，继而，漫山遍野，生命力非常顽强。

每年早春，率先从严冬的枯草丛中冒出新芽。青青的茎叶很矮小，节很多很密，叶片细长，不开花也不结果。一小片一小片在地面匍匐着，尖尖的小脑袋不屈地昂扬着。虽然没有种子繁衍，但地下根系发达，盘根错节的根茎，顽强地挺过霜雪严寒的秋冬季节，茎枯叶烂心不死，保留着最初的生命基因和希望。节令一到，就“春风吹又生”了。

我和小伙伴们赶着吃了一冬稻草的小羊，到长满青草的山坡、河堤。终于可以吃点新鲜嫩草换换口味的小黑和小咩，和我们一样兴奋。吃完高一点的草后，就把牙齿贴着地面，啃吃巴根草。小黑吃得兴起，嘴里发出“咕笃、咕笃”咬断草茎的颤音，像音乐一样好听。吃饱肚子后，仰着头“咩——咩——”叫两声，一摇一晃地找小咩谈心去了。

我和小伙伴们在坡上玩木头人，捣拐。累了，席地而坐，对草浆、摭蛋子；渴了，便挖出一些巴根草的梗，用手捋去皮，放衣襟里子上擦一把，放进嘴里，香甜地嚼起来，那不多的汁液甜津津的，可与甘蔗媲美。

“巴根草，就地扒，光长叶子不开花。大人搂它当烧草，小孩挖梗当甘蔗。”“巴根草，绿茵茵，唱个唱，把狗听。”一边说把狗听，一边拍一下身边的伙伴，惹得你追我跑，大喊大叫。儿时的童谣，还保留在我的记忆中，仿佛唇边仍留有那一缕掺着泥土与青草气息的余香，耳畔还回响着小伙伴的笑语欢声。

干旱时，其他草本植物枯萎了，巴根草仍然能旺盛地繁殖。水涝时，它的叶子更多更大，茎上的节也更长更稀了，生机勃发。盛夏里，郁郁葱葱的巴根草会让人产生一丝凉意。数九寒冬，它的叶和茎变成金黄色。叶子枯萎，化为柔软保暖的植物纤维，保护着草茎和草根。

巴根草可以作饲料，又是优良保土植物，还有药用价值。记得小时候大人会挖巴根草煎水，说是能防治乙型脑炎。

慢慢长大，也会跟着大人学一些关于巴根草的俗语、歇后语。说一个人犟，一根筋，就会说他是“巴根犟”；说一个人做事认真严谨，就会说他走巴根草拄拐棍——步步把实；说一个人慢条斯理、话痨，就会说他抓住巴根草能谈三天。

暮春的早晨，站在家乡的水库边，脚下青青的巴根草，紧紧地巴在坝堤上，默默地守护着坝堤，风吹雨打，不离不弃。蹲下来看绿草的空隙间，夹杂着蚯蚓松动的浮土，还有蚂蚁在搬运着星星点点的食物，充满意趣。放眼望去，堤岸边，山脚下，沟壑旁，满是巴根草的身影，那茵茵的绿，在晨光中晕染，一直向远山的深处蔓延。

春荣秋枯，巴根草在一年年春天的风中发出新绿。它是山野的血脉，是乡村的原始居民。千百年来匍匐在地，装点着山川河流，田野院落，在年复一年的轮回中，无怨无悔地守护着这片厚重的土地。

野蔬贴

野豌豆

春分麦起身，跟着麦子起身的还有野豌豆。它们悄悄拱出泥土，冒出一个芽，抽出一截茎，展开一片叶，头上顶出一根细须，弯弯绕绕伸向边上的麦子。麦子长它也长，麦子长多高，它就跟着长多高。对生的细叶，柔韧的茎，蝶形的紫色小花，少女鬓角发丝一样的藤蔓，款款立于麦地，翘首而望，随风摇曳，于是又有了个诗意的别名——翘摇。

进入四月，天气转暖，麦苗“滋滋”拔节，野豌豆也越爬越高。细小的藤蔓，一圈一圈地绕在麦秆上。这时的野豌豆柔软鲜嫩，一掐就有绿色的汁液溢出来。采些回家，拍蒜清炒，做面须汤，清新爽口。野豌豆苗不光人爱吃，兔子也爱吃，牛羊和猪都爱吃。

麦子扬花，野豌豆也不甘示弱地爬上了麦尖，自下而上次第开花结荚。

野豌豆豆角长成时，小孩子就有了零食。挑选已经起鼓、籽粒半饱还嫩的，摘去一角，仰头张嘴，两手稍用力一挤，点点青绿顺势溜进嘴里，轻轻一嚼，带着豆腥味的清香和清甜灌满口腔，快乐便充满全身，充满田野；挑选饱满、成熟的，撕开豆荚，去掉豆粒，掐去有蒂一端三分之一，含在嘴里，慢慢调试，能吹出呜呜的响声。虽然无腔无调，却是我们童年乐此不疲的娱乐。

麦子黄时，野豌豆也老了，绿色的荚果变成了黑色。收麦前，野豌豆抢先一步炸裂，弹射一批“子弹”到地里，潜伏下来，伺机与麦同生。智慧的生命大抵如此，懂得抓住时机，该出手时就出手。可野豌豆，并没有把子弹打光，留下一部分，混杂在麦子里，同磨在面粉中。因为掺和了野豌豆，新麦面就多出了一种豆香。收入明代徐光启的《农政全书》的《救荒本草》里，就写到野豌豆：“救饥，采角煮食或收取豆煮食，或磨面制造食用，与家豆同。”

野豌豆还是一味很好的中药，有发汗除湿、活血止痛、温肾暖腰、通络的功效。可以补肾调经，祛痰止咳；能治肾虚腰痛、遗精、痛经，还能外用疗疮。

别看野豌豆柔嫩纤弱，却是诗经里有名的“薇”，“薇”算是它的学名。“采薇采薇，薇亦作止。曰归曰归，岁亦莫止……”采豆苗采豆苗，豆苗刚刚冒出地面。说是回家了回家了，但已到了年末仍不能实现。从春天薇菜绽出芽尖，夏天薇菜叶片肥嫩，秋天薇菜叶茎将老。从春到秋，一年将尽，戍卒一边在荒野漫坡采集野菜，一边思念着久别的家乡，屈指计算着返家的日期……

天地四时变化，生物生死消长，都是生命的见证，人生的比照。我们在《采薇》里不只看到四季轮回，时光流逝，还看到了生命由盛而衰的节点。

《史记》里也有野豌豆的影子。伯夷与叔齐是中国历史上两位重节气操守的仁义之士，居列传之首。他们不满商纣王的暴政而隐居，耻食周粟，采薇而食之，以身殉道，得到后世儒家大力推崇。有人说，中国历史文明的密码就在周秦之际，义不食周粟，隐于首阳山的故事，或可是中华伦理文明的渊薮。

野豌豆，温婉柔弱的紫衣美人，纤纤玉肩，一头挑着家国情怀，一头挑着仁义美德。

不知它们情愿还是不情愿担当如此深沉使命，现实中，它们在麦田荒地野岭，不骄不躁，不卑不亢，自得其乐。年年开花结果，滋养人畜，丰饶大地。

茵　陈

“三月茵陈四月蒿，五月六月当柴烧”，茵陈踩着自己特有节奏，和着时令节拍，在山坡荒地、田间地头，成为菜，成为药，成为蒿，成为草，循着自然规律自生自长。采与不采，是人的事情。

茵陈是老的，“此虽蒿类，经冬不死，更因旧苗而生，故名茵陈。”茵陈又不老，年轻的心，逢春便发新苗。

春天，是美好的季节，茵陈最是懂得，也不辜负大好时光，和我们小孩子一样。经不起和煦春风的撩拨，也经不起明媚阳光的诱惑，二月二的春寒里，天和地好像还隔得很远，我们便挎上篮子采茵陈。起先，茵陈像个胆小又按捺不住好奇的孩子，小心翼翼地顶起松软的泥土，怯生生地探看外面的世界，仿佛一有风吹草动，马上就会将头顶上的泥盖子放下，蹿回泥土的怀抱。大概是判断外面的情形比较安全，安静不了多长时间，便又争先恐后地钻出地面。刚出土露头的新叶，还是小小的一团，鲜嫩，柔软，似乎一掐就能掐出水来。它们紧贴着地皮，害怕被我们发现。可那星星点点的银白灰绿，在枯黄的野地里还是显眼，躲不过眼尖的我们，三五成群，欢呼雀跃着奔跑过去，争抢着铲进自己的篮子里。

回家摘净洗好，撒上盐，拌上面，放到锅里蒸。熟了的茵陈，色泽不减，香味更浓，蒿子所特有的清香，令人胃口大开，很是解馋。

古人早就知道茵陈的好吃，南宋洪舜俞说："酣槽紫姜之掌，沐醯茵陈之丝。"李时珍也说过："今淮扬人二月二日犹采野茵陈苗和粉作茵陈饼食之。"不管是凉拌、做菜饼，还是蒸糕、蒸肉，每样食材都被染得绿绿的，嫩嫩的，透着稚气未脱的清香。

三月三，茵陈褪了稚气，丝般的叶片开始慢慢舒展，仿佛进入二八年华的人，青春逼人。一朵一朵绽放，叶面绿茵茵的，背面开始泛白，像是起了一层薄雾，有些月朦胧鸟朦胧的意思。采回来，晾晒，捏在手里软绵绵茸嘟嘟滑溜溜的。凑在鼻尖下，有一股清香。迎着阳光看，未及舒展的丝线似的叶面上似乎有一种银光在闪烁，一种妥帖和温暖通过手掌，传到身上。

人其实不比一棵草更坚强。草离了人照样长，人常常离不了草的照拂。古人早就知道茵陈的药用，在神农氏时代它就被作为药草代表入选《神农本草经》。千百年来，始终保持本质：味苦平。主风湿寒热、邪气、热结黄疸。久服轻身，益气耐老，生丘陵坡岸上。茵陈一次次走出泛黄的竹简或书页，借助医家的处方，抚慰疗治被疾病折磨的人。被治愈的人，又会向邻里推介，口口相传，代代相传。

我们这些在野菜野草喂养下长大的孩子，从小就知道，刚出生的婴儿会有“新生儿黄疸”，皮肤黏膜变黄，眼睛也会变黄。长大了，又会有“肝炎”的风险。一旦湿热入侵，浑身无力，食欲缺乏，这些时候，就需要茵陈这样不起眼的草蒿子，清热祛湿、祛疸退黄。得了肝炎的大人孩子，只要把三五棵干茵陈用水煎好，趁热服下，过个十天半月，身体就会慢慢痊愈。茵陈还可以泡酒，碧绿、微苦、清香，舒筋活络。日常泡水喝，也能起到预防肝炎和强身健体的作用。

我们铲回的茵陈，母亲除留一些备不时之用，大多卖到收购站，5 分钱一斤，价廉，但吃不住多，也能换回点零用花销。

到了四月，茵陈就是名副其实的蒿子了。

五月六月，恣意生长的茵陈，长成一大蓬坚硬的柴草。

茵陈也开花，小小的花结小小的籽，随风散落，来年又会冒出一大片。

茵陈以自身的生长特点，提醒我们，很多人，很多事，很多物，和时间一样经不起等待，稍纵即逝，稍纵即废。“花开堪折直须折，莫待无花空折枝。”

车前草

中草药的命名，一般都有出处，人参、鸡冠苗，象形；红花、白芍，看色；甘草、苦参，品味；调经草、胃友，标明功效；老鼠吹箫、鞭打绣球，更是形意结合，如诗如画。也有另类的，比如车前草，伏地而生，宽宽的叶片，密密的须根，长长的茎秆，色味形意都不突出。只好以生长地——车马道命名：车前草。

出生的卑微，并不影响它旺盛的生命力。它不像其他草木，一钻出地面，就一个劲儿向上生长。它的每一枚叶片，无论在路边地头，还是河畔沟渠，都极力地贴向地面，从土地中汲取生长的力量。长卵形的叶片，有些像猪耳朵，宽宽厚厚，色泽油亮。心中擎出鼠尾般的花柱，隐隐约约的小花开过，针尖般细碎的黑籽像是散落的星星。即便车轮轧过，牛羊踏过，人踩过，一场雨后，便缓过来，每片叶子照样肥硕和葱绿，张扬着鲜活的生命力。

当它还在《诗经》里时，它是叫“芣苢”的。“采采芣苢，薄言采之。采采芣苢，薄言有之。采采芣苢，薄言掇之。采采芣苢，薄言捋之。采采芣苢，薄言袺之。采采芣苢，薄言襭之。”春日里，阳光和煦，花烂漫，草繁茂，妇人们三五相邀，说说笑笑走过乡间小道，去采挖车前草。咏叹式的节奏，表现出人们采摘时欢快愉悦的劳动场面。正如清代方玉润在《诗经原始》中所说：“涵泳此诗，恍听田家妇女，三三五五，于平原绣野、风和日丽中，群歌互答，余音袅袅，若远若近，忽断忽续，不知其情之何以移，而神之何以旷，则此诗可不必细绎而自得其妙焉。”真正是“自鸣天籁，一片好音”。

人们不仅采摘车前草的叶子，也采摘车前草的种子，用衣襟包着，带回家。嫩叶可以当蔬菜吃，就是口味平淡。焯水后凉拌，或清炒，还可以煮粥、包饺子、摊咸饼、炒鸡蛋、煲汤。也可以当中药治病用。叶子和种子都可以入药，有利尿、清热、明目、解毒、祛痰、镇咳平喘的功效。乡里人谁家大人孩子“小肠锁”尿路感染，尿尿困难或是淋漓不尽，就用车前草熬水喝。

相传汉代名将马武，领兵攻打武陵羌人。由于地形生疏，陷入被包围的困境。军士和战马又都得了“尿血症”，军医苦无医药，将士们一筹莫展。一个马夫发现他照顾的几匹战马突然不治而愈，便跟踪观察，发现马啃食了一种猪耳朵形状的不知名野菜。他就拔了一些，用水煎服几天，感到身体舒服，小便正常了。于是报告马武。马将军问此草生何处，张勇说，就在大车前。马武仰天大笑："此天助我也，好个车前草。"车前草的名字就这样流传下来。

车前草穗状花序结籽特别多，蕴含着多子多福的美好祝愿，也符合当时人们的多子信仰，得到人们的喜爱。

当然，"车辚辚，马萧萧"，漫漫征途，碾过的车轮，踩过的脚掌，也将车前草的草籽，带向四方。

在生活和历史必经的路上，车前草，挡在车轮前，举着天真的小手，打着固执的手势，让我们的车轮，让我们的步子，慢一点，再慢一点。

鱼腥草

岸上的草，怎么会有水里鱼的气息呢？想来，许多年前，它大概生在水中，是鱼儿歇息的驿站，又或是鱼儿啄食的美餐。不知是厌倦了水中的漂泊，还是伤心鱼儿相忘于江湖的漠然，最终跃出水面。只是，血脉中还流淌着曾经沧海的记忆，那味道也随身上岸。

所以，它多是生长在阴湿地或沟边渠畔，带着前生的记忆，守在水边。

唐人苏颂说："生湿地，山谷阴处亦能蔓生，叶如荞麦而肥，茎紫赤色，江左人好生食，关中谓之菹菜，叶有腥气，故俗称：鱼腥草。"其实，它还有折耳根、狗心草、狗点耳、紫蕺菜、臭灵丹等几十个名字。那辛辣、寒凉，带有淡淡鱼腥气的独特味道，提醒人们还是鱼腥草这个名字最恰当。苍绿的叶子带些暗红，心形叶片有些像耳朵形状。和许多根茎植物一样，蹿在泥里的根须众多，不断地在地底下扩张，长的能长到两尺。绿褐色的藤上生着许多短小的枝节。枝条的颜色由深至浅，作一缕淡淡的腥香，融入春天百草的气息里。

于是，我们三五成群，提着篮子，篮子里放一把小镰刀，去河岸采挖。一簇簇紫红色开白色小花的鱼腥草，根茎横走，夹杂在野草与野菜之间，那气味，那姿态，让人一眼就认出来。用镰刀沿着鱼腥草的叶子掘松根部泥土，又白又嫩的鱼腥草根茎就顺势拉了出来。

鱼腥草的吃法多以凉拌为主，清洗干净泥土，择去节上根须，虬曲的根茎白净鲜嫩，可以直接吃，有雨后泥土的腥香，有置身草丛的清新；也可以一节一节切成段，用盐码一下，放入酱油醋，大蒜生姜，讲究的再放上些炒香、捣碎的花生米，凉拌吃。脆生生的味道微涩，虽腥而鲜。除了凉拌外，还可以做鱼腥草肉丸。肉打碎，鱼腥草切成末，一起拌上佐料，氽水，做成肉丸，鲜香四溢。

在陶弘景的《名医别录》里，它不仅是一种野菜，还有清热解毒、消肿疗疮、利尿通淋、健胃消食等很多药用功效。据说当年华佗到处行医采药，被蛇咬伤的时候，就是用鱼腥草解的毒。它味道中的一点点苦，能败火，用它煎汤食用能解毒。春天开始采摘嫩茎芽根，一直到秋天，都可以采食。现代医学证实，鱼腥草有抗菌作用，还能抗病毒，特别对流感病毒有效。

但是，它独特的气味也历来被不认同它的人诟病。传说春秋时期，越王勾践被吴王夫差打败，做了吴国的臣子兼人质。勾践忍辱负重，主动尝粪为吴王辨病，以表忠心。最终回到了越国的勾践，卧薪尝胆，励精图治，击败吴王，成为一代霸主，但尝粪令他落下口臭毛病。谋臣范蠡献计，号召全体越国人，采摘味道腥臭的鱼腥草食用。想让人人口臭，以免除国王尴尬。而且，鱼腥草又当食物又当药，一举三得。

记得小时候确实不太喜欢它的味道，也不怎么吃。可大人说吃了对身体有好处。春荒的时候，你不吃，也没多少菜可选择，只好硬着头皮吃。可吃着吃着，竟然能从那腥气里吃出鲜味来。也真的很少感冒发烧。乡邻有小孩子头疼脑热的，就用鱼腥草煎汤，放点糖调调味，吃了第二天管好。谁牙疼了，谁嗓子哑了，谁鼻炎犯了，谁长痘痘了，都可以去扯几把鱼腥草回家，连吃几次，毛病自然就好了。

又是一年春来到，用筷子夹起一撮阳春三月的凉拌鱼腥草，是春天里的一种美好。那些与鱼腥草有关的时光不断地回放，缠绕在舌尖挥之不去的情结，饱含着岁月滋味，余香袅袅。

马兰头

嫩生生水灵灵的草头，是随土地苏醒后的春光，一寸一寸生长。香椿头、枸杞头、豌豆头、马兰头，这里的“头”，说的是它们的嫩苗嫩芽尖。一群植物，在春光里从头开始渐次舒展。

《野菜谱》里说，路边丛生的马兰头会阻碍马的通行，故名“马拦头”，不以为然。最多寸把高，叶片狭长，有纤细的锯齿边，茎一节节呈现浅紫色，如此纤柔，估计连小鸡雏都拦不住，更别说高头大马了。不过，古时有“马拦头，拦路生，我为拔之容马行”的民谣，大概说的是好官、清官离职，老百姓依依不舍，拦马相留，拔些马兰头相送，倒也很有些意思。应了袁枚《随园诗话补遗》中的一段话：“汪研香司马摄上海县篆，临去，同官饯别江浒，村童以马拦头献。

某守备赋诗云：‘欲识黎民攀恋意，村童争献马拦头。’”

且不管马兰头、马拦头，幼时的我们，每到农历二三月，便挎着篮子带上剪刀，去田间地头掐剪马兰头。绿油油的麦苗，黄灿灿的油菜花，脆生生的布谷鸟叫，穿梭于绿野繁花中的小伙伴，开心地窜来窜去，寻找马兰头。遇到一棵棵的，就直接用手掐。掐一段放嘴里嚼吧，微甜，汁液黏滑，透一股泥腥味。发现一丛丛的，就蹲下来，左手一薅，右手剪刀剪下去，就是一把。个把小时，就能装满一篮子。完成差事，就跑到蚕豆地里摘新月似的青蚕豆吃，脆脆涩涩的，连吃带玩的我们明知道吃不出个滋味，也满心欢喜。或是跑油菜地里揪菜薹吃，或是蹑手蹑脚逮蝴蝶，不玩到太阳落山不回家。

采回来的马兰头，去掉老茎，洗干净放开水里焯一下，沥干水，切碎，和香干末一起，拌上酱油、醋、麻油，碧绿的菜末，碎玉似的香干末，朴素、温暖，盛满寻常人家简单的生活乐趣与温情。马兰头也可以热油炸蒜清炒，加少许白糖，回味清香。或是放点春笋切丝一起爆炒，味道更好。还可以晒干后储存，冬天做馅包包子，或做热汤冷盘，皆相宜。

医书上说，马兰头性凉味辛、无毒，具有清热解毒、凉血止血、利尿消肿的功效。经常吃马兰头，对高血压、咽喉炎那些疾病都有好处。《随园食单》中也说：“马兰头菜，摘取嫩者，醋合笋拌食。油腻后食之，可以醒脾。”

春天容易上火，马兰头是清火的，又是时鲜。那时候，乡村也贫穷，一年到头吃的也就是自己地里出产的大白菜、萝卜老几样，还常常接不上趟。春天有了马兰头这些野菜的接济，也算是打了牙祭。

好像清明前后，不尝尝马兰头，就不知道春天的味道。要想尝到正宗的味道，还得趁早。“明前菜中宝，明后羊口草。”早春时鲜嫩清爽略带清苦，清明后就滋味渐失，风华不再了。

到了夏末秋初，马兰头便开出浅紫的花朵，类似小雏菊，鹅黄色的花蕊，周遭是一圈整齐的淡紫色花瓣，微风过处，如一群窈窕村姑，身着紫裙，翩翩起舞，清新怡人。多了“紫菊”“路边菊”的叫法，倒也贴切。

“离离幽草自成丛，过眼儿童采撷空。不知马兰入晨俎，何似燕麦摇春风。”一盘马兰头，是餐桌上泄露的春光。搛一块细嚼，就一口薄粥，日子绵软悠长，内心熨帖妥当。

七七芽

在乡村，每一株草木都有其独特的灵性。马齿苋、鸭跖草、七七芽，我们无从得知这些奇妙的名字从何而来，但它们依然穿越一年一年的时光，扎根在田野上。

七七芽，带着祖传的手相，披着灰绿的外套，蛰伏于田埂、地头、湿地、山野，不动声色地等着你的到来，湿润你日益干枯的内心和目光。

七七芽的生长形态很有特点，看起来有点怪。狭长的叶子边缘长满了锯齿般的尖刺，像一把小小的锯子，随时准备反击外来的侵犯。在漫长的进化过程中，它进化出了属于自己的一种自我保护机制——尖刺。有刺的“棱角”，把它武装成一副张牙舞爪的样子。牛羊不敢轻易下嘴，路过的人也要小心，不然会被尖刺扎得生疼。想要采摘它，它就会扎你的手。也因此，野地里长得高一点的都是带刺的植物。

想要吃七七芽，得趁它鲜嫩的时候。长到十厘米大小，就可以挖来做菜。因为它浑身长刺，不能像别的菜一样用手拔，而是要用铲子铲。河滩地上遍地皆是。可如果有我们喜爱的荠菜、灰灰菜等其他菜，我们就不会铲它。别说我们不大爱吃，就连猪、羊都不太愿意吃。只有实在没有别的菜可挖时，才对它下手。在生活最困难的时候，只要没有毒，人什么野菜都敢吃。小小的七七芽生命力极强，铲过一茬，几天后，再生一茬，生生不息。也算是人们度荒的重要野菜，带着新鲜的泥土气息，透入肌骨。

挖回来的七七芽，洗净焯水，可以凉拌，虽然有点微微的苦，微微的涩，可拌上酱油、醋、香油，也很清新爽口。七七芽清炒，七七芽炒豆渣，都是村里人家的桌上常客。也有的人偏好这一口，洗净后蘸上甜酱，如品味着人生的酸甜苦辣。但长到开花就不能再吃了。七七芽头状花序，开紫色的小花，花苞上长着长长的丝，毛茸茸的，聚合成一个花球。一朵朵浅紫色的花，引来蝴蝶授粉，也引来蜜蜂在花间采蜜，蜂飞蝶舞，很是热闹。

我们村里人不知道它学名小蓟，就知道七七芽。知道它营养丰富，性温无毒。挖来家拣净杂质，水洗润透，切段，晒干，然后泡水喝，能清热除烦。也会用鲜菜捣烂外敷，治乳痈、疔疮；或是捣烂绞汁，调蜜炖服，治咯血、鼻出血、尿血。煎汤，绞汁服用，或煮食，用于吐血、便血，或月经过多，鲜根凉血止血作用更好。它还有降血压、减肥、防癌作用。乡邻很少出现三高之类的毛病。秋季挖根，去除茎叶，洗净鲜用或晒干切段用；春、夏挖幼嫩的，洗净鲜用。小时候鼻子碰破出血，拔一棵七七芽，在石头上砸烂，放手心里揉搓揉搓，塞到鼻孔里，就可以把血止住。

村庄从来不缺闲花野草，一草一叶以不同的爱的方式饲喂着乡民，比如荠菜，比如艾蒿，比如蒲公英，花开花落，由盛而衰，在山坡沟壑河滩不动声色，见证着人世间的轮回，引导人生出谦卑和敬畏之心，将春色从空旷的野外唤醒。

灰灰菜

在乡村，人们大都是根据植物的颜色和形状叫名字。灰灰菜，从出生开始，就穿着一件灰布裙，像个安静的小姑娘，守着乡野故土，等着不知什么时候归来的我们。

儿时的庄稼地里，田埂上，园边地头，坡上河畔，凡是植物能生长的地方，都有灰灰菜的身影。树荫下，湿润肥沃的地方，灰菜生长得格外娇嫩水灵。开始出土的时候，只有几片叶子。随着慢慢长大，长高，主干的旁边分蘖出枝杈来，每一个叶片都很大，灰绿的叶子向阳一面，平滑细腻，上面一层如灰尘般细细的白色粉末，背面银白色，有灰色的细小颗粒，长一层细细的绒毛，抖抖叶子，可以掉下来一点点毛茸茸的灰白粉末。用手抹一下，一手的灰。村里无论大人小孩都叫它灰灰菜。

挖野菜是我们那一代农村孩子最熟悉的劳动。星期天或者放学后，我们就三五一伙凑在一起，挎上竹篮，拿着割麦废下来的小镰刀头，为了镰刀头不磨手，在刀柄处缠上厚厚的布条，成群结队来到园头地脑、河边荒地开始挖野菜，挖回来的野菜，除了人吃就是喂猪。人吃解饿，猪吃长膘。一边挖野菜，一边玩，摸爬滚打，灰头土脸。大人们忙着春种秋收，出门进门也是一身灰。大家都觉得灰是飞起来的细土，不脏，是干净的。日子也过得清贫、干净。

灰灰菜是人们解饥救饿的野菜。揪回来的嫩头嫩叶，用淡盐水搓搓“灰”，烧开水焯一下，冲洗干净蘸酱吃；放蒜泥、酱油和香油凉拌；蒜瓣辣椒干炸香爆炒；把油烧热，放入花椒、红辣椒稍稍炸一下浇上去；掺在玉米面里做成菜团子；做青头搅疙瘩汤，回想起来，味道都不错。喂猪就没有那么多讲究了，同其他各种野菜混合在一起烀成猪食，再撒点糠，猪吃得也很开心。徐光启《农政全书》里说，除了茎苗可食外，“穗成熟时，采子捣为米，磨面作饼蒸食皆可”。但灰菜的种子细小如芥，采集磨面，还是有些难度。

灰灰菜味道鲜美、口感柔嫩、营养丰富，还能当药用。小时候拉肚子，身上长疹子，灰灰菜煮熟，连汤带水喝下去就好。被毒虫咬了，用灰灰菜煮水，洗身子，或揪一把灰灰菜揉碎敷到患处，便能清热、消炎、止痒。灰灰菜的药用价值也越来越被人们认可，性凉，味甘、苦，有清热、利湿、降压、止痛、杀虫、止泻的功效。能够预防贫血，促进儿童生长发育，对中老年缺钙也有一定保健作用。嫩茎叶含蛋白质、脂肪、糖类，还有丰富的胡萝卜素和维生素，有助于增强人体免疫功能。

春走草老，灰灰菜不再是人的盘中餐和猪羊喜爱的口中菜，就活成了小树般自信的草，在秋风中展示一种成熟、自然、朴素的美。待到秋冬枯黄后，还能砍来当烧草。来年春天，又这里一棵，那里一棵地冒出来，和许多草一样，在大地上循环。

很久没有吃家乡的灰灰菜了。不知道它那身干净的灰布裙是否还干净，它那颗清纯的心，是否还清纯。是否还站在清早的露水里，安静地等着我们。

马齿苋

母亲说，马齿苋的叶片像马的牙齿，所以叫马齿苋。还没有认识马齿苋，就听母亲讲过马齿苋下躲太阳的故事。

传说远古时代，天上有十个太阳。每当它们一起出游，大地就像着火一样，庄稼烤焦了，没了收成，人也热得无处躲藏。老百姓苦不堪言。神箭手后羿，手持弓箭，爬过九十九座高山，涉过九十九条大河，穿越九十九个峡谷，一连射掉了九个太阳。剩下的一个太阳慌慌张张逃命，马齿苋见它可怜，把它藏在自己身下，保住一命。太阳知恩图报，旱天里别的禾苗野菜野草都晒蔫了，只有马齿苋绿油油的照样开花结子儿。无论多大的太阳，都不会把马齿苋晒死。

在我们云台山脚下、田间地头、荒地山坡、房顶上、砖缝中、树荫下，只要有一星半点的土，它就能生根开花。耐旱涝，耐贫瘠，抗风沙，抗盐碱，适应各种环境。红艳艳、水灵灵的梗，绿茵茵、肥嘟嘟的叶，阳光下，开黄色的小花，太阳越大，花开得越盛，煞是好看。加上黑油油的种子，白生生的根须，五色俱全，就又有了五行草的别称。

姐姐剜菜时，最喜欢它。那时，家家不富裕，蔬菜一茬接不上一茬。母亲经常做野菜给我们吃，马齿苋算是野菜里口味不错的。

又肥又嫩的马齿苋，洗净，开水焯一下，拌上蒜泥、香油、酱油、白糖，爽滑柔顺清香，不由得令人胃口大开。或热油下锅，在锅里打个滚，再放点盐，一道清淡的小菜就上桌了。除凉拌、清炒外，还可以炖汤或蒸或搭配其他蔬菜烧菜。母亲把吃不完的马齿苋，用开水在锅里焯一下，拿到太阳底下晒干，留到八月半、过年的时候，包包子。清爽可口，风味独特，既可改善生活，又能延年益寿。每年从春天开始，一直能吃到冬天，酸酸甜甜的滋味，百吃不厌。

每一种植物都有自己繁衍生存的秘诀。马齿苋的种实，像一个膜状尖顶盖碗，里面的籽粒细小，但数量很多，每一朵至少有三四十粒。稍有风吹草动，它便盖裂籽出，迅速潜入土中，逃避鸟和虫子的侵袭。即便除草时被连根拔起，晒上几天，也不死，给点水，照样能活过来，也叫长命苋。

中国地域广阔，一种植物有多种叫法。早在五代十国时，《蜀本草》中就记载了马齿苋。明代的李时珍，对马齿苋这个名字做了注释：其叶比并如马齿，而性滑利似苋，故名。还有药典中记录的名字是马齿草、五方草、长命草、瓜子菜、酸味菜、蚂蚁菜、马踏菜、长命苋、安乐草，不一而足。

无论叫什么，它的药用功效是一样的。能抗菌消炎，清热解毒，散血消肿，消渴利尿，利肠滑脂，明目去翳。现代医学证明，马齿苋能抑制人体血清中的胆固醇和甘油三酯，可促使血管合成前列腺素，对冠心病、脑卒中和癌症有一定疗效。种子还能作兽药和农药。

家乡人相信，山野无闲草，百草都是药。除了少数有毒的，大多数野菜野草都对人对生灵有益。平常的日子里，它们以杂草的姿态，安静地在一个角落里生长，成为一处一处的风景。我们饥饿的时候，它们化身食物；我们生病的时候，它们又化身药物。我们一茬一茬地从这个世界消失，唯有它们依旧遍地葱茏。

竹鞭菜

竹鞭菜，茎蔓有竹子一样的节，叶子也像竹叶的形状和颜色，只是看起来很柔弱，似乎少了一份竹子的刚劲挺拔和君子风度。

看起来柔弱，生命力却强。一场春雨唤醒蒲公英、车前草、荠菜，竹鞭菜也不甘落后，紧随其后，在家前屋后，田间地头，见缝插绿，随处生长。

刚刚破土的新芽很小，不注意都看不到。互生的两片新芽，顶出土，像嘟起新鲜柔嫩的小嘴巴，对你撒娇。接着，张开嘴巴，承接阳光雨露。就开始竹节般一节一节地长，在叶腋上分蘖茎蔓，发出新的枝节，节节伸长长高。紫红的茎，碧绿的叶，开粉白的五瓣小花，一棵自成一丛，抓住人们的视线，想不注意它都难。

这个时候，荠菜已经开花结籽，过了食用的最佳时期。寻觅野菜的眼睛就从荠菜身上转移到了竹鞭菜身上。

竹鞭菜多长在家前屋后，路边道旁，被踩踏在所难免。它不介意，兀自匍匐生长。和别的野菜相比，采摘的时候要多费些工夫。它的茎叶虽然很绿，但叶片很小，感觉上茎多叶少光秃秃的。要带上剪刀，蹲下身子，把嫩头剪到敞口的竹篮里，或是直接用手掐，像采摘雨前茶一样精细。要耐得住性子，有时候花了半天时间，也剪不满一篮子。不过，它的鲜香细腻，足以配得上你的用心。

竹鞭菜最简单的吃法就是凉拌，清洗干净以后放进开水里焯一下，马上捞出来，姿态宛如新春的绿茶，加点酱油、醋、香油，清新爽口；拍点蒜爆炒一下，清香回甘，给人以无尽的回味空间；还可以烧汤，汤柔滑，味道鲜。最喜欢的还是竹鞭菜咸饭。搅一碗面糊醒着，蒜炸锅，菜过油，盛出。锅里加水烧开，抹长面疙瘩。抹完抓一把虾皮，菜倒进锅里，咸饭就做好了。盛出来，鲜香扑鼻，吃一碗，解渴解饿又解馋。

竹鞭菜虽不起眼，也是入过《诗经》，被赞美过君子的植物："瞻彼淇奥，绿竹猗猗。有匪君子，如切如磋，如琢如磨。"诗里的"绿竹"是两种植物，绿为荩草。"竹"，《尔雅》解释："竹，萹蓄也。"《植物名实图考》也说："淇奥之竹，古训以为萹蓄。"《救荒本草》中"亦名萹竹，生东莱山谷，今在处有之，布地生道旁。苗似石竹，叶微阔，嫩绿如竹，赤茎如钗股，节间花出甚细，淡桃红色，结小细子，根如蒿根。苗叶味苦，性平，一云味甘，无毒。救饥采苗叶煠熟，水浸淘净，油盐调食。”对它的解读更为详尽。

小时候吃过不少野菜，包括竹鞭菜。那时候生活艰难，食物匮乏，野菜是一种重要补充。另一方面，家乡人相信不同的野菜对人有不同的益处。知道竹鞭菜不仅好吃，还是一种药材。学名萹蓄，别名还有很多，鸟蓼、扁竹、猪牙草、竹叶草、百节草、萹蓼、萹蓄菜、萹竹芽。味苦，性平，有清热利尿、解毒杀虫、止痒功效，还能降血压，也能驱除人体内的寄生虫。记得小时候有小孩子拉肚子，或是肚子疼，肚子里长蛔虫，家里人就会出门扯几把竹鞭菜回来，煎水喝。

清热解毒，守正持节，《诗经》里的“竹”，生活中的竹鞭菜，从老家的房前屋后、园头地脑、道旁路边，向远处葱茏、汹涌、蔓延。

面条菜

生命里很多美好回忆，常常跟吃有关系。那些生活里点点滴滴的小事物难登大雅之堂，可成年后，恰恰是因为对这些小事物的咀嚼和回味，才反映出生活真正的美学意义。

比如每年三月的面条菜。

在所有的野菜中，它的性格较为腼腆，柔和且恬静，温情又低调。不像香椿的香，在早春独占鳌头；也不像荠菜的鲜，让人欲罢不能。亭亭玉立于麦子之侧，叶形细长，质地柔软，宽窄如面条的面条菜，很值得一提。

和很多野菜一样，面条菜生长在田间地头和初春的麦田里。地里的麦苗一拃高了，它也从土里钻了出来。长长的嫩叶，贴着地皮长。正值青黄不接，人们成群结队涌进田野。我也找出小铲子，挎上小竹篮，跟着姐姐往麦地去。

麦地边有小河，河里有青蛙。河边的柳枝嫩黄转新绿，清新得像一幅画，一两只燕子飞进去，像是画家不小心甩上的墨点。一阵风跑过来，绿油油的麦子有了情绪，起起伏伏。柔软的柳条忍不住荡过水面，惹得青蛙叫几声，风急匆匆地扫下我的脸，就跑远了，丢下一抹淡淡的水汽和草香。我使劲闻一下，便站在那发起愣来。姐姐一巴掌拍过来，才回过神，跟着她走进麦地。

面条菜有的在地垄中间，有的贴着麦苗根长，嫩绿的身姿，东躲西藏，零零星星。想要挖一篮子，也不是件容易的事。因为面条菜再好吃，也是野菜，比起作为粮食的麦子来，可有可无，大人们不愿意把它们多留在地里，跟麦子争水争肥争养分。再说，春荒里，口味不错的面条菜也是香饽饽，很多人来挖，再怎么躲，也禁不起那么多的眼睛寻找。眼尖手快如姐姐，挖满一篮子，也要半天时间。

挖回家的面条菜，洗干净，焯水，挤干，加酱油、醋凉拌，清淡爽口；做青头炸汤下面条，或放点虾皮做面疙瘩，口感细腻，味道鲜美；和小麦粉和玉米粉一起搅拌，凉水入锅蒸五分钟，盛出来，酱油、醋、香油、蒜泥一起调汁浇上去，鲜香入味；还可以切碎拌馅，包饺子，包包子，营养丰富，味道清香。它还能润肺止咳、凉血止血，能治疗虚劳咳嗽，吐血。春天里吃一些对身体有好处。

它还有个名字，叫麦瓶草。与小麦相依相伴，一起生长，一起长高，像是好玩伴、好朋友，也像是忠实的仆人、完美的陪衬者。猜想麦子未被驯化前，与面条菜一样，也是一种野生野长的草，曾经相互陪伴，一起玩耍。即使麦子被驯化后成为庄稼，面条菜也带着前世的记忆，与小伙伴不离不弃，继续同生共死。麦子拔节灌浆扬花，它也一节一节长高。麦收时节，它的叶子变成单薄狭长的三角形，顶端开出一朵一朵粉红色的小花，花梗细长，花萼长锥形，上面窄缩，下面膨大，像个肚大脖子细的瓶子，瓶身有明显的细脉。有了它的点缀，麦田单调的绿里多出了季节的色彩，多出了田园的浪漫。

麦子熟了，它也走完了自己的一生。一起被割倒在地，一起被压扁碾碎，也一起留下成熟的种子在田野，等待来年春风再起。

想来人们最初食用麦子时，面条菜这样的陪伴者也一定被同时食用，营养价值、医用价值相辅相成，对人的健康更加有益。在食不厌精，脍不厌细的当下，高科技除草剂，使得作为野菜的面条菜岌岌可危，越来越少。

一边吃着面条菜，一边揣着杞人忧天的情绪，开始想念面条菜。

王不留行

王不留行，霸气侧漏，读出来，就能想到九死而无悔，虽有王命不能留我，十步杀一人、千里不留行这样的英雄气概，和古装剧里那些仗剑天涯快意恩仇的侠客，可一看那亭亭玉立的苗，灰绿纤细的叶，浅粉嫩红的花，便又觉得这个名字也就是个传说。

也确有传说。

据说王不留行是药王邳彤发现的。邳彤想到当年王莽同王郎追杀刘秀来到村里，宣扬刘秀是冒牌的汉室宗亲，他才是真正的皇帝，想要老百姓提供食宿。然而二王所到之处烧杀抢掠，老百姓深恶痛绝。家家闭门锁户，锅干碗净，躲进青纱帐。王莽火冒三丈，扬言要踏平村庄。后有参军进谏，说是穷山恶水刁民，不必横生枝节，还是追杀刘秀要紧。王莽这才传令离开。药王为纪念这段历史，就给那草药起名“王不留行”，意思是村子的人不惧强梁，不留二王食宿，借此让人记住“得人心者得天下”的道理。

王不留行是野草野菜野花，也是一味质优价廉的中草药。最早见于《神农本草经》，解释为“行不俟驾。速甚邮传”。“行不俟驾”出自《论语·乡党》：“君命召，不俟驾行矣。”君王召唤，等不及车辆套好马，抬步便走。“速甚邮传”出自《孟子·公孙丑上》：“孔子曰：德之流行，速于置邮而传命。”孔子曾说，德政的推广应该比设立驿站传达政令还要迅速。大意是王不留行的药性发作快，可以与应王命召和美德流传一样迅速。因此李时珍对“王不留行”这个名字的解释是“此物性走而不住，虽有王命不能留其行，故名。”解释得十分骄傲和霸气。

王不留行又叫麦蓝菜，有石竹血统，茎直立，上部分枝。叶片卵状披针形，微抱茎。伞房花序，花梗细，花萼筒非常显眼，呈现锥形，有明显的棱。盛夏时节，果实成熟、果皮尚未开裂时，人们就会采割植株，晒干，打下种子，除去杂质再晒干。种子颜色是褐色的，籽粒很小，有活血通经，下乳消肿的作用，女人喜欢用它煮水喝，戏称“妇女之友”。

它和面条菜像是孪生姐妹，都喜欢长在麦子边上，都在春天里发芽、生长，无论是叶子，还是植株形状都很相似，很难分辨。有经验的人会通过叶子辨识。王不留行的叶子光滑无毛，看似微微有一层白粉。面条菜则是全株被短腺毛，看起来毛茸茸的。虽然都开小而精致的粉色小花，王不留行的花没有面条菜那么大的“酒瓶底”，吃起来，也没有面条菜口感好，有苦味，焯水后，要挤干，清洗，才能凉拌或炒或做汤或做馅料。在家乡，媳妇产后乳汁不足，婆婆就会买几只猪蹄，加上些王不留行炖汤，喝完后睡一觉，奶水就能把前襟洇透了。王不留行下奶还有一个故事，说的是西晋写《三都赋》令洛阳纸贵的左思，妻子生女儿时，好几天都没有奶水，一家人犯愁。一日忽听墙外有人高唱：“穿山甲，王不留，妇人服了乳长流。”左思忙到门外，请歌唱者入室，并遵其嘱让妻子服了三剂药，便乳汁满溢。左思挥笔写下《娇女诗》：“产后乳少听吾言，山甲留行不用煎，研细为末甜酒服，畅通乳道如井泉。”洛阳纸贵，也挡不住王不留行通乳的美名流传。

不仅通乳，王不留行还能治带状疱疹，也就是人们常说的蛇胆疮、蛇缠腰。村里的金奶奶，得了蛇胆疮，疼得躺也不是，坐也不是，站也不是。村里的张医生告诉她老伴：王不留行的种子用文火炒黄，然后碾成粉末，用香油调成糊状外涂患处，一日三次。用药半小时就止疼了，一星期后，好了。它还能治金疮、止血、治痈疽恶疮，逐痛出刺，除风痹内寒。还有人把王不留行籽粒，贴在耳朵的穴位上按摩，调理身体。

光阴不驻，人事更迭，王不留行。被岁月驱赶追杀的我们，更是“王不留行”。人生苦短，不妨如王不留行自在行。

苋 菜

大自然是慷慨仁慈的，不同的节令里总能给人不同的恩赐。嘉木芳草自多情，荠菜起苔开出了小白花，车前草的穗子结出鼠尾一样的籽，蒲公英的黄花变成一个个小绒球，不适合入口了，仿佛通人性的苋菜，就接力出场，为饥肠辘辘的人果腹。

伴着一场透雨，苋菜在田间地头、沟渠山坡，成群结队冒了出来。卵形或菱形的叶片，或翠绿，或紫红，嫩生生的，如同婴儿的脸，带着一层似有若无的茸毛，仰着头和路过的人打招呼，让人心生爱怜。

小时候，放学回家，扔下书包跟着姐姐到野地采野菜。那年代，家家粮食都不够吃，都去采野菜。天擦黑回到家，把野菜往大盆里一倒，母亲挑出苋菜洗干净，用开水一焯，切头大蒜，撒点盐，滴点酱油醋，连油也不搁，就着山芋糊涂，一吃一大碗。有时候，母亲把采来的苋菜剁碎了，撒点盐再撒把玉米面，蒸菜团子，我们吃得也很香。还可以用来包饺子、蒸包子、烧汤、做面疙瘩、做粥，每一种滋味都清淡爽口，带着山野之趣。难忘的是母亲的手工面，切入一把红苋菜，菜是红的，面是红的，汤也是红的，菜糯面软汤鲜，吃起来滑爽、软糯、醇香、鲜美，滋润妥帖。特别是拍了大蒜清炒，滋味更加悠长。

作家张爱玲对清炒苋菜也情有独钟，“苋菜上市的季节，我总是捧一碗乌油油紫红夹墨绿丝的苋菜，里面一颗颗肥白的蒜瓣染成浅粉红。在天光下过街，像捧着一盆常见的不知名的西洋盆栽，小粉红花，斑斑点点暗红苔绿相间的锯齿边大尖叶子，朱翠离披，不过这花不香，没有热乎乎的苋菜香。”可见，清炒苋菜对人的吸引不分雅俗，不分贵贱。

记得老屋门前的小园子里，长了十来棵苋菜，主茎又粗壮又高大，绿苋素净，红苋妖娆，花花绿绿，色彩缤纷。从春天开始，母亲便会掐几把嫩叶嫩茎吃，留下根部，它便能像韭菜一样，重新长出新茎叶，一直可以吃到秋天。

货吃当时，“六月苋，当鸡蛋；七月苋，金不换”是我们乡间流传的说法。苋菜软滑细腻，入口甘香，总也吃不腻。以前乡间过歉年，没有足够的粮食吃，它能填饱肚子；现在丰衣足食了，它能调动胃口，调剂美好生活。一直以来，也是一味不花钱的药。

村里人虽没读过多少医书，但长期的实践告诉他们，苋菜不仅能饱口福、果肚饥，还能清心火、疗眼疾，通润肠道、除湿止痢、补血补气。村里有人肝脏出了毛病，抑或是大小便不通了，采些苋菜煎汤喝，药到病除。谁的眼睛不舒服了，用苋菜煎汤熏熏便好，不用花一分钱。每到端午，常常以一盘红苋菜，扶正强身，祛毒辟秽。

苋菜在《诗经》里作为蔬是叫葵的，在《神农本草经》里是药。中国的药起源于草，既作食物，亦作药物，大概神农与他的子民当初吃到的蔬都是草。《诗经》时代，人们欢欢喜喜或悲悲戚戚地去采薇采蕨采芣苢卷耳，既是挖野菜，也是采草药，他们歌之咏之，体现的是草、菜或药本身具有的朴素生活内容和生命意味。

《舌尖上的中国》导演陈晓卿说："中国人热爱美食，是源于对生活的热爱，厨师分级别，但是食材不分。每天吃着山珍海味并不意味着这种方式很高贵。大味必淡，往往在最边远闭塞的厨房里，你能尝到最好的人间味道。

深以为然。

海英草

离家不远的大浦和临洪闸之间，有一片盐碱滩。原来是台北盐场的盐池，盛产白盐。近几年，盐田废弃为工业用地，在开发与未开发的阶段，成全了春天成片的海英草，还有深秋季节特有的湿地红草风貌。

从平山沿大港路直行过临洪特大桥，到小诸山脚，就看到了那片红草。远远望去，一大片红向天边铺展，给人强烈的视觉震撼。没有"江碧鸟逾白，山青花欲燃"的娇艳，没有"接天莲叶无穷碧，映日荷花别样红"的妩媚，也没有"停车坐爱枫林晚，霜叶红于二月花"的张扬，那是一种暗红、殷红，是低调的红，内敛的红，经历了风刀霜剑的红。

这里的每一株草都值得尊敬。随着盐业由灶煎向滩晒的发展，百余年来海滨土地被大面积地垦为盐田，土壤含盐量不断升高，植物的生长环境日渐恶劣。可一点不影响许多盐生植物、耐盐碱植物的生长。盐蒿、观音柳、小鬼针、苍耳、芦苇、大蒲，隐匿出没其间的黄鼠、草兔、野獾，还有水边的白鹭、野鸭、鹈鹕以及不时掠过灌木丛的灰喜鹊，看似杂乱潦草，却又和谐共生。

遍布盐滩的大部分是那种学名叫“盐地碱蓬”的草，嫩头能吃时，我们也叫它海英菜。它野生野长，耐盐碱、抗干旱，海风吹，咸水泡，铸就了极强的生命力。每到春来，从盐碱地里钻出来，顶着一点一点的紫红，不几天，枝条舒展，个头直往上蹿。慢慢地叶儿多了，颜色也由紫红变墨绿或红绿相间。一棵一棵，看着一点也不起眼，正是它们用一点一点的绿色将草滩连成片。有风吹过，如绿色的波涛汹涌，颇为壮观。

此时，掐下嫩头，摊到太阳下暴晒，边晒边挑出梗，隔日揉搓一次，去其苦涩，直至晾成软绵绵的絮状干货，就可以食用了。在众多人讲究养生的当下，海英菜的“清积、清热”“降糖、降脂”适逢其时。吃腻了山珍海味的人，疲乏的味觉需要刺激，野生的、纯绿色的海英菜重又像饥饿年代充当救命草角色一样，被重视起来。采摘海英菜的人很多，好在一茬采过，还有新生的枝杈，一茬续一茬。或温水浸泡，拌上蒜泥、香油、虾米、生抽，当凉菜；或放上虾皮、肉糜蒸包子，都是一道营养健康的美味。

直到深秋，海英菜长成了大棵，老成了草不能食用。有的几十厘米高，有的甚至能长到一米以上，开始开花结籽。

在秋风或紧或慢的吹拂下，海英草由绿变红的节奏一天快似一天，到了十月份，是海英草最红的季节。在傍晚的霞光照射下，叶子的红呈透明状，晶莹剔透，闪着微光。草丛中一汪清澈的野水洼，倒映着蓝天、白云和鸥鸟，立在水中的一块石头在光影下轮廓分明。水洼边曾经葱茏的芦苇顶着一头的白霜，被夕阳镀上了一层金晖。逆着光望去，灰白色的苇絮戴上了银色的光环，那环层次清晰，如一幅巧夺天工的剪影，美轮美奂。一阵风吹过来，吹皱了水中的影子。风挠一下芦花，再挠一下，芦花便笑得散了架，白花花的苇絮悠悠飘落，好像飞舞的雪花。

你的到来似乎没有带给这里多少惊讶，水边洁白的海鸟或走或飞，长颈白羽的鸬鹚在惬意地溜达，时而还驻足环顾四周，时而低头啄食鱼虾，对不速之客的到访视若无睹。草丛里的一个沙窝窝里居然有一只褐色带着斑点的鸟蛋，摸上去还有温度，似乎孵蛋的鸟离此不远。你祈愿，这只蛋不要被人或其他动物发现。

站在茫茫的草滩，海英草的气息不屈不挠地滋长，以燎原之势蔓延。你像一棵海英草随风起伏，或是一朵芦花随风飞舞，怎么也飞不出红草滩辽阔的疆域。

蒲公英

山顶和墙角旮旯的积雪还没有化尽，田间地头、房前屋后闲茬地里，就冒出了星星点点绿。幼小的嫩芽，奋力拱出坚硬的地面，狭长的边缘带有豁口的叶片，像小小的碧玉簪，别在黄褐色的大地上，点缀着荒野的落寞，给野地一抹希望的绿。

“一个小球毛茸茸，好像棉絮好像绒，对它轻轻吹口气，许多伞兵飞天空。落到哪儿哪是家，明年春天又开花。”“噗！”“噗！”

曾经在野地里寻觅野菜、吹蒲公英的场景，随着童谣浮现眼前。

蒲公英的根很粗壮，再低的温度也冻不死它。立春前后，它就迫不及待地冒出三两个尖细嫩芽。没过几天，叶片渐渐长大，紧紧趴伏在地面。不管旱涝，不惧风雨，也不怕行人践踏和车轮碾压。一簇簇，一丛丛成团成片，叶子越来越肥硕宽大。又过两天，叶子中间抽出花轴，顶生头状花序。那一点小骨朵，越抽越长。叶柄主脉常带红紫色，花葶上部紫红色。

那花蕾，中间一道道掐线，恰到好处地收敛着。在阳光雨露的沐浴下，一天一个样。日渐饱满的花蕾张开一两片五六片黄色的花瓣，像孩子的小嘴半开半合，既娇羞，又顽皮。一朵朵金黄色小花，引得蜜蜂和蝴蝶翩翩飞来，点缀在田埂、渠畔、路边，给早春的山乡村野平添了几分生机。

那时日子艰苦，一般人家，过完年就闹春荒，没多少粮食和蔬菜。经常以榆钱、槐花熬粥，或者做成菜团子吃。我跟着姐姐带上小铲子，挎着小竹篮，或是拿着方便袋，和小伙伴三五成群，去挖蒲公英。弥补一冬过后，地窖里山芋萝卜的不足。

蒲公英的根笔直地扎在土里，很难连根拔起。一般是用铲子铲断。断了的叶片会流出白色的液汁，但它的根不会死，会再次萌芽长叶。

蒲公英花期很长，淡淡的一抹黄，掩饰不住浓浓的喜悦，这花开罢那花开，一轮轮从春开到夏，从秋末开到冬初，诠释着生命的顽强。蒲公英的花谢后，长成白色的绒球，小绒球慢慢蓬松起来，风一吹，一朵一朵小降落伞般的小绒毛，带着一粒粒成熟的种子，离开了花苞，飞向远方。像四海为家的游子，落地生根发芽，散叶开花安家。在有限的时间里，尽最大努力，延续生命，追逐梦想。

蒲公英能败火消炎，还能利尿、缓泻、退黄疸，对乳痈也有疗效。传说很久以前，有个姑娘患了乳痈，被她母亲知道了，以为她做了什么见不得人的事。姑娘又羞又气，投河自尽。被一个蒲姓老公公和他女儿小英救起。问清了投河的根由，蒲公公指点小英去山上挖来一种野菜，洗净后捣烂成泥，敷在姑娘的乳痈上，不几天就痊愈了。以后，姑娘将这野菜带回家园栽种，造福乡里。为了纪念渔家父女，便叫它蒲公英。

蒲公英药食兼用，生吃熟食皆相宜。母亲把蒲公英洗干净后，用沸水焯两分钟，放点盐，拌上醋、香油，或是做菜团子，或是直接蘸酱生吃，都受一冬天看不到绿色蔬菜的我们欢迎。蒲公英的花还可以腌泡着吃，也可以做酒。蒲公英炒肉丝不仅味道独特，还具有补中益气解毒的功效。将蒲公英放入锅里煎水，煮绿豆，调入蜂蜜，既能喝绿豆汤，又能抹脸，连续内吃外用七天以上，会有明显的美容效果。母亲会把吃不完的蒲公英用沸水焯好晾干存放，以备不时之需。谁家的大人孩子有个伤风咳嗽、呼吸道感染、肺炎，用蒲公英泡水喝，一天三次，通常喝几天就没事了。近代药理研究证实，蒲公英抗菌能力显著，被人们誉为中草药里的广谱抗生素。《本草新编》中说，蒲公英，至贱而有大功，确有道理。

又一个春天到来，蒲公英的绿叶簪上大地，我会教孩子唱：“一个小球毛茸茸，好像棉絮好像绒，对它轻轻吹口气，许多伞兵飞天空。落到哪儿哪是家，明年春天又开花。”

蛤蟆草

童年时采草剜菜，蛤蟆草，是常常被嫌弃的。长得疙里疙瘩不说，还有苦味，连剜猪菜都会绕过去，没眼看它。

可要是谁家有人感冒咳嗽了，喉咙痛了，立马就会想到它。去山坡、田埂、荒地、路边，采一把鲜癞蛤蟆草洗净切碎，打个鸡蛋搅拌均匀，用油煎，趁热吃；或是鲜癞蛤蟆草拌上面粉和水，做成煎饼，趁热吃。头天晚上吃下去，第二天咳嗽、喉咙痛什么的，就好多了。如果是小孩子，就会多掺些鸡蛋，想把苦味盖下去，可总是盖不住，苦茵茵的滋味丝丝缕缕从嘴里冒出来，让小孩子抗拒。大人还好，为了治病，勇于吃“苦”：采一把癞蛤蟆草洗净加水煎服当茶喝，立竿见影，马上不咳嗽。甚至还直接放嘴里嚼嚼，把汁液慢慢咽下去，把渣吐出来，咽喉肿痛也能很快见效。

蛤蟆草是一种比较常用的中药材，村里人喜欢在它开花时采收一些，趁鲜切段，晒干，遇有咳嗽、咽喉肿痛，就抓一小把，煎汤喝下，一般三次就好差不多了。除治疗感冒、咽喉肿痛、支气管炎、疖肿外，煎水外用洗患处，能治痔疮，肛门肿痛，乳腺炎，湿疹，还能祛风湿，缓解筋骨疼痛。据说，还能治尿不尽。

记得读过一篇文章，说的是一位母亲，采用一位中医的方子，用蛤蟆草根煎服治孩子尿不尽的毛病。蛤蟆草是多年生草本植物，根茎短，紧贴着地面。丛生的长圆形叶片，油绿宽大，表面凹凸不平，像是癞蛤蟆的皮。不管你喜欢还是嫌弃，它无所顾忌地在春风中生长。到五六月份，抽薹发枝，淡紫细碎的小花，有序地排列在花梗上，特征明显，辨识度很高，采挖容易。但到了冬天，蛤蟆草绿叶“缩水”，根和许多野草的根一样，深埋在泥土里，很难辨认。这位母亲依着老中医的法子，每挖一棵草根，就放嘴里尝，靠那苦涩又清凉的味道识别蛤蟆草。她在寒冬腊月，溪岸沟边，一棵一棵地挖，一口一口地尝，历经千辛万苦，终于治好了儿子的毛病。此后，这位母亲会在每年夏天晒一些蛤蟆草，说是万一东邻西舍冬天里需要，也不用冰天雪地里出去找了。当然，最好用不上。这乡野里寻常朴素的野草，承载着一个母亲厚重的爱。

蛤蟆草的学名应该是“荔枝草”，猜想也是因为它的叶面像荔枝外皮的缘故。这个名字最早见于《本草纲目》，说它具有清热解毒、消肿痛、疗恶疮和止咯血的作用，能“治蛇咬犬伤及破伤风”。其实，它的叶脉里含有很丰富的纤维素，能增加肠道的津液，润滑肠道，改善便秘，让人一身轻松。还含有铁元素和一些对人体有益的微量元素，补血活血，女性服用活血养颜。

蛤蟆草还有一个名字，叫雪见草。“雪”地里可“见”的“草”，颇有些诗意，给人遐想余地，于皑皑白雪中看见一抹欣然的绿，赏心悦目的同时，惊叹生命力的顽强。

闲草不闲。看似不起眼的闲花野草，在沟坎、荒滩这些恶劣的环境里安身立命，只要得到一线阳光，便会心花怒放，把自己长成不可或缺的药材，带给人温暖和希望。

鸭跖草

鸭跖草，感觉跟鸭跖没半毛钱关系。硬要找一点点关联的话，大概就是它喜欢生长在水边或潮湿的地方，茎叶经常被鸭子啄食。

鸭跖草，又叫竹节菜、淡竹叶、露草、小青、鸡冠菜、翠蝴蝶、碧蝉花，相比之下，碧蝉花典雅些。宋朝诗人杨巽斋就写过一首名为《碧蝉花》的诗："扬葩簌簌傍疏篱，翅薄舒青势欲飞。几误佳人将扇扑，始知错认枉心机。"把鸭跖草花姿描绘得生动形象，惟妙惟肖。

鸭跖草在儿时的乡村路旁、地边，林地阴湿的地方，特别是溪边河畔水泽地尤为多见。叶片青绿，有些像竹叶，略有卷曲。茎开始直立，伸长后蔓状匍匐在地上，茎上有节，节上生根，从节上长出很多分枝，能爬很远，混于杂草丛中并不引人注目。但春夏开出蓝色小花后，便有了不同。花朵为聚花序，顶生或腋生，雌雄同株，花瓣上面两瓣为蓝色，下面一瓣为白色。两片蓝色的花瓣像蝴蝶微拢的双翼，微微上扬，又像蝉的薄翅，展翅欲飞的态势。亮黄的花蕊，颤颤巍巍，惹人爱怜。长长的白色花丝蝴蝶触须般舒卷，微微下弯。花色靛蓝亮黄，光照愈充足，色彩愈鲜艳。犹如一只只漂亮的蝴蝶栖息草尖，仿佛你一不留神，它就会飞走。花虽不大，但花型别致，花瓣灵动，花色纯净，最是那一抹蓝摄人心魄。

资料上说，它的雄蕊比较特别，属于“异型雄蕊”，一共有六枚，在一朵花中的形态、大小、颜色各有不同。中间最漂亮的三个黄色的雄蕊，不产花蜜，但是颜值担当，专门吸引昆虫来采花粉以便传播。另外三个雄蕊又表现为两种不一样的形态，有两个比较长，几乎与雌蕊一样长，带着长长的卷须，还有一个稍微短点，呈明显的U形，这三个雄蕊才是传宗接代的主角，专门生产有活性的花粉。当昆虫在“黄蝴蝶”身上埋头苦吃时，腹部、翅膀上会沾满来自卷须上的花粉，在下一朵花上继续进食时，就为鸭跖草完成了异花传粉。

任它怎么好看，怎么特别，我们还是看中实用价值。掐点嫩头，回家洗干净，开水焯一下，沥干凉拌，或是直接清炒，有鲜嫩的草香，在缺吃少穿的年代也能垫垫饥。割一篮子回家，拌上糠，猪也有了吃食，哼哼唧唧地吧嗒着大嘴，小鸡小鸭也跑过去凑热闹，头一点一点地啄食，津津有味。

它还是一味中药材，性味甘、苦、寒，能清热解毒、活血化瘀、健脾利尿。能治疗咽喉肿痛、痈肿疮毒、毒蛇咬伤，对麦粒肿、咽炎、扁桃体炎、宫颈糜烂、尿血、丹毒、腮腺炎、脚气、小便不畅，也有疗效。村里人小便不通，便用鸭跖草、车前草捣汁，加点蜂蜜喝；大便带脓血，就用鸭跖草煎汤每天喝，喝好为止；咽炎，用鸭跖草汁点喉；痔疮肿痛，用手把鸭跖草、花一起搓软，敷贴患处，能起到缓解作用。

儿时居住的房前屋后，有成片的鸭跖草，从没刻意去了解和观察。如今，隔着几十年的时光回望，那绿茵茵的草，蓝莹莹的花，依旧在春日里优雅地舒展身姿，静静开放。

酢浆草

不知基于什么缘分，阳台的那盆君子兰里冒出了几个红梗绿叶的草芽。随着这个不请自来的客人舒展身姿，我发现它并不陌生，是我童年里常见的“酸的溜”，学名酢浆草。

它是从何而来，我不得而知。可能是土里自带的种子，也可能是从窗外随风飞来的。开始是极细的长柄，颤巍巍地擎着三枚细叶，瘦骨伶仃，惹人怜爱。没过多久，长成细细碎碎的一丛，继而，伸茎散叶开花，挤挤挨挨，热热闹闹。

儿时的田间小路，河谷草地，或小路的转角，我们常常看到一丛丛重重叠叠挤在一起的酢浆草。青绿的草叶间密密麻麻地举起粉红或嫩黄的小花，蓬勃着不可阻挡的生命力。可仔细看看，每一颗都很单薄，叶片花瓣薄如蝉翼，触摸一下，柔若无物。像是弱不禁风的小女孩，激起人强烈的保护欲。

酢浆草的叶片只有指甲盖大小，有青的、绿的、蓝的。三枚并蒂，三片叶子像掌心一样摊开，每一片都是心形的，略折向上，像是翩然起舞的蝴蝶翅膀。向阳开粉的、紫的、黄的小花。清晨，草尖上挂满晶莹的露珠，像是一双双忽闪忽闪的小眼睛。一朵朵含苞待放，将开未开，高低错落在叶片之间，像是一串串调皮的音符，仿佛探身伸手，轻轻一碰，就会将整个天空唱响、唱亮。阳光朗照时，一朵朵小花张开笑脸，兴高采烈。黄昏里，那一双双明丽的眼睛，能织成一幅繁星布满夜空的图案，然后，慢慢闭合，安静地融入夜色。

酢浆草还是一味药，能清热解毒，消肿散疾。李时珍《本草纲目》以为："此小草三叶酸也，其味如醋。与灯笼草之酸浆，名同物异。"它的茎叶含草酸，还可以用它磨镜子或擦铜器，能让镜子和铜器更有光泽。不过有的书上说它小有毒性，牛羊吃太多会中毒致死。

儿时伙伴，常会随手揪一片两片当零食。放嘴里，慢慢地嚼，细细地品，酸酸凉凉的，一丝丝酸的后面，又有那么一点点淡淡的甜，你一片，我一片，吃着浑身酸爽，追打皮闹，来了精神。比起酢浆草，酸的溜的名字更实在，更妥帖。

进入我花盆中的酢浆草，没有一拃高，围着君子兰的根部生长。既没有抛出藤蔓去触探花盆之外的世界，也不缠绕影响君子兰生长。安静，低调。有一次出差数日，回来后发现它们叶枯茎萎，了无生机。抱着死马当活马医的心理，时不时浇点水，没想到君子兰没了生命迹象，酢浆草复原的速度惊人地快，没过多久，又都探头探脑地冒了出来，且长得如火如荼。嫩绿的叶片，衬得那粉色的小花带点野性的魅惑。真是有心栽花花不开。花道如此，人生亦然。刻意而为往往事与愿违，当你不执着结果时，却又有意外收获。

开过花，一个个迷你型的小豆角就被它们顶在绿丛中了。这些小豆角成熟了就会自然炸裂。弹跳而出的种子，虽然不足芝麻的三分之一大，确有很强的黏附力。从它身边经过的动物和人都是它的载体，运送到四面八方，沾土就能生存，就能繁茂。它还能粘在坚硬的墙壁和瓷砖上。不知它是如何获得这样大的力量，自然的奇妙，渺小如人，不可尽知。

想起张晓风写的酢浆草，“软软地在地上摊开，浑朴、茂盛，那气势竟把整个山顶压住了。”酢浆草虽然纤细柔弱，却有压倒山顶的气势，不无道理。

紫 苏

在乡村，有数不清的野草野菜，它们遵循自然规律，春荣秋枯，周而复始，或盛大或卑微地在时光中轮回。每一棵都有存在的理由，每一棵都有生存的趣味。

像是母亲小园边上不知什么时候，冒出的一片柔嫩的小芽。并未撒种，不知是风刮来的，还是鸟衔来的，还是哪块土带来的，春日里自说自话地在小园里安了家。没过多久，小芽渐大，叶片见风长。高高低低地拥挤着，初生的，如蝶翅，欲飞欲停；舒展的，像团扇，迎风摇摆。清秀的秆儿泛着点点幽光，小巧的紫叶，叶棱轻轻摆动，叶脉细细蜿蜒，叶边缘圈着密密的细齿，正面的深紫与背面的浅紫层叠呼应，在春风里柔柔地起伏。涌动的紫，似吟似唱，流淌着草木的清香和森林的气象。与天的蓝，云的白，山的青、水的绿相互烘托，有天朗气清的和谐与安定。

是紫苏无疑了。

晨光斜斜地笼在紫苏上，泛起金紫的光晕。母亲提着竹篮，出门左拐进小园，弯下腰，轻轻地掐住嫩嫩的紫苏尖，一枝枝紫苏尖，躺在竹篮里，一副温顺的模样。回屋清洗，沥干。把面粉和水搅成稀糊，抓一撮盐，切点蒜米，和紫苏叶一起慢慢搅拌。锅里倒油烧滚，夹起紫苏叶一片一片地下锅，哧哧作响。两面炸焦，起锅上盘，等不及凉透，就提一片歪头仰脖放嘴里，清香酥脆，美味可口。

偶尔烧回鱼汤，放几片紫苏，不仅去鱼腥味，还能提升鱼的鲜味。鱼汤稠稠的白，紫苏嫩嫩的紫，优雅地浮在鱼之侧汤之上。香气混合着鲜气袅袅娜娜，还没吃，嘴里就一片清凉。还有紫苏煮蟹，不仅增加香气和美味，还能解腥祛寒。还有紫苏粥、紫苏炒鸡蛋、紫苏炒香肠，好吃又提神，又鲜又香。

紫苏不仅好吃，还有药用价值。古名荏，又叫苏，有白苏、赤苏、红苏、香苏、黑苏、白紫苏、青苏、野苏，有特异芳香。以茎、叶及籽实入药。《本草纲目》中说，“解肌发表，散风寒，行气宽中，消痰利肺，和血温中止痛，定喘安胎”；《本草正义》说，“紫苏，芳香气烈，外开皮毛，泄肺气而通腠理，上则通鼻塞，清头目，为风寒外感灵药；中则开膈胸，醒脾胃，宣化痰饮，解郁结而利气滞。”能治感冒发热、怕冷、无汗、胸闷、咳嗽，解蟹中毒引起的腹痛、腹泻、呕吐。

记忆里，紫苏是散寒除湿发汗的良药。谁家孩子淋雨受寒了，便会用紫苏梗，与生姜、花椒一起熬水，放澡盆泡泡出出汗，盖好被子睡一觉，就不会感冒了。紫苏还能解毒。有人吃海鲜过敏，身上起铜钱大小的斑疹，只要熬紫苏水喝喝就好了。喉咙疼痛、支气管炎，用紫苏熬水喝，也有缓解作用。就是健康人用紫苏叶泡水喝，对胃胀不舒服、消化不良也有作用，还能健胃解暑。

到了秋天，紫苏旁若无人地长成了紫苏树，开一串串紫色的花。叶片的紫愈发深沉，细细碎碎的花蕾，在秋风中喁喁私语，仿佛交流自行结籽的秘密。过一段日子，母亲将紫苏连根拔起，在院子里拍打一番，晾在屋檐下。

轻唤紫苏，这名字就透着文雅，念在口中清疏古朴，有草木清香。似一女子，着一袭紫色罗裙，低调里掩不住的张扬，白墙红瓦的农家小院，普通的园中一角，因了它，瞬间生动，平添了生活的情趣和古朴的意韵。

荠 菜

二月二，雨水刚过，惊蛰的雷声还没有在我们的头顶炸响，灰绿叶片镶浅紫边的荠菜眨眼间拱破地皮，攻城略地，占领了田野的每一个角落。麦田菜地、垄上地头、沟旁渠畔，还有坡上那些收过花生山芋还没来得及种上点什么的闲茬地里，有丁点泥土的地方就有荠菜不屈不挠的身影，在春寒里展示自己顽强的生命力。

小时候，下午放学后，我会跟着两个姐姐，挎上竹篮，带上小铲子，到田间地头剜荠菜。初春的天空碧蓝如洗，云朵白如棉絮，绿油油的麦田随风起伏。傍晚的阳光给远村近树镀上了一层金辉。不知是麻雀还是燕子三三两两在晚霞中留下优美的剪影，还有袅袅的炊烟，让你恍然如梦。我们不会赏景，只顾埋头挑拣东一撮西一棵与你藏猫猫的荠菜。麦田里的荠菜颜色青艳油绿，与麦子一顺色，稍不留神便让它逃了过去；路边田埂上的荠菜紧贴着地皮，是灰绿色的，叶片有浅紫的边；闲茬地里的荠菜比较肥硕，一棵棵比着肩往上长。生得早的，已经出薹子了，婷婷的薹顶着几粒细碎的青白的花，在春风中轻微地摇摆。我们不知道“三月戴荠花，桃李羞繁华”的谚谣，却也会摘一些插在竹篮边上，装饰我们的快乐。

竹篮里的荠菜渐渐多起来，我们心里的成就感也跟着上涨。想着回到家里母亲看到满篮的荠菜会爱抚地摸一下头的奖赏，便骄傲异常。淘洗完的荠菜蓬蓬勃勃，油光发亮。母亲会开心地哼起“小大娘卖水饺”的小调：“清早哎，起床来，梳头打扮卖饺子，卖到东关里。你要问我的水饺什么馅，小大娘告诉你：荠菜豆腐和生姜，葱花油盐搁齐全，馅子顶好的。你要问我水饺多少钱一碗，小大娘告诉你：上午卖的是三毛三，下午又卖两毛两，早卖早回乡。”一边哼唱，一边手也没闲着。母亲会用葱花油盐炸锅，放进荠菜炒炒烧汤，再把玉米粉、面粉放盆里搅成小面疙瘩，下到汤里，放点虾皮，便成了鲜香可口的面疙瘩饭。条件好一些的时候，母亲会和点白面，把荠菜切碎，打上鸡蛋，放点虾皮，给我们包三鲜饺子。那好吃的味道，至今想起仍觉口舌生津。

“二月二，采荠菜，荠菜包饼筋拽拽。不吃不吃两三块。”这朴实的民谣小调在二月料峭的春风中唱起来，一点一点迷醉了我们亲近土地的渴望。

如今，我们的孩子对什么季节里会有什么样的野菜没有了我们当年的兴趣和期待。他们不认识什么是羊蹄草，什么是灰灰菜，什么是拉拉秧，什么是红梗菜。她们的瓜果蔬菜不再应着四时节气而来，大棚里就能在冬天培育出夏天的菜。

那时，生活是一件艰难的事，却总有许多快乐藏在这艰难之中。现在，生活富裕了，我们却失去了春天里、旷野上、风和日丽中，呼朋唤友一边欢欢喜喜采野菜，一边唱着“二月二，采荠菜”童谣的快乐了。那样的情景，想一想，足以令人心旷神怡。

茅 针

茅草，是乡村最常见的野草，似乎有丁点的泥土就能生长。它们发芽、开花并不是为了炫耀自己，只是循着自然规律，春荣冬枯，生生不息，延续着自己的生命，也延续着春天，延续着一代一代人的审美体验。

早在草木丰沛的诗经时代，茅草就被当作赋比兴的素材。《诗经·邶风·静女》中云："静女其娈，贻我彤管。彤管有炜，说怿女美。自牧归荑，洵美且异。匪女之为美，美人之贻。"朱熹注曰："荑，茅之始生者。"就是我们所说的茅针，它义无反顾地充当了玫瑰的角色，成为示爱的礼物。郭沫若先生的译诗颇有调侃的意味："郊外送茅表她爱，嫩茅确实美得怪。不是嫩茅有多美，只因美人送得来。"茅针外形如微缩版的嫩笋，也像玉管狼毫，芽尖上那一抹红晕发出胭脂般润泽的光亮，因而也就有了“彤管”的雅称。在少年的眼中，鲜嫩的彤管亦如送茅的少女。少男少女们在自然的草木山水间男欢女爱，两情相悦。他们的眼，他们的身体，他们的心，像茅针一样清新、纯净。《诗经·卫风·硕人》中还有“手如柔荑，肤如凝脂，领如蝤蛴，齿如瓠犀”的美誉。大意是说：她纤纤素手似茅针的新芽，嫩白的皮肤似凝固的油脂，美丽的脖子像天牛的幼虫，洁白整齐的牙齿像葫芦的种子。这样生动形象的比喻，失传了很久。还有田园诗人范成大的“茅针香软渐包茸，蓬櫑甘酸半染红。采采归来儿女笑，杖头高挂小筠笼”“白云堆里白茅飞，香味芳辛胜五芝。揉叶煮泉摩腹去，全胜石髓畏风吹”。如今读来，依然可以照亮你的眼。

在乡村，一场贵如油的春雨一洒，山上坡下，河堤岸边蛰伏在土里的草根，窥听到地面上的动静，试探性地拱破地面，发一个芽，生两片叶，活泼泼地钻出来，顽皮地顶起一个一个黄豆大的小土包。春风一吹，太阳一晒，或鹅黄或浅紫的芽尖就露了出来，在阳光下欢快地成长。用不了几天，绿中带黄，黄中泛绿的草叶便连成了片。时间不长，茅草上就烟卷似的长出一个小尖点，慢慢地饱满、鼓胀，散发出一股清香。孩子们的鼻子比小羊羔的鼻子还尖，齐刷刷地涌向茅草地，扚茅针。

扚茅针不能着急。用力过猛的小伙伴，手和胳膊常被茅草锋利的叶边拉一条细长的小口子。即便不出血，沾上露水，也腌得慌。有经验的伙伴，左手轻轻地拨开茅草叶，右手用拇指和食指捏住茅针中间偏下一点，向上猛地一提，“吱”，茅针轻轻地呻吟一声，就脱离了母体。常常手快的人已扚了几把，手慢的人手心还没满。为了均衡，小伙伴还会折根树枝或芦苇，划分势力范围，保证每个人的收获差别不要太大。一根茅针，细细长长，身形款款，曲线流畅。一身翠绿罗裙，玲珑婉约如深闺女子。“轻解罗裳”，雪白的花穗颤颤地抖动，肉肉的柔柔的嫩嫩的，我见犹怜。吃进嘴里，软绵绵，滑溜溜，一股清香鲜甜从舌尖蔓延至肺腑。常常，男孩子不像女孩那样一条一条地吃，嫌不过瘾，他们会剥出一把，一条粘一条接成一条龙吃，或是盘成饼状，团成一团吃。吃腻了，用手夹一根放嘴里，学着大人抽烟的样子，或是插进鼻孔装象，或是粘在嘴唇上扮白胡子，还一边唱着“茅针茅针两头尖，你吃茅针我吃烟；茅针茅针两头长，你吃茅针我吃糖”的歌谣，相互追逐皮闹。跑累了，就坐到草丛里，蚂蚱、刀螂、蹬倒山、花大姐都是我们的玩伴。茅针还可以当赌资，打弹子，抽陀螺，下跳棋，输了，就把自己的茅针拿出来给赢家。茅针要及时吃，隔天就蔫了。也要及时扚。清明后十来天，茅针就老了，嚼起来像干棉絮。暖风一吹，扬起白茫茫的一片花穗，像是一枝一枝毛茸茸的芦花，随微风摇曳生姿。野性，柔美，壮观。

茅草，这朴素的植物，世世枯荣，代代轮回，循环往复。从上古启程，沿着诗经的线索一路走来，没有终结，时时提醒你将自然中的美好进行到底。

灯笼果

味道是一种储存和记忆。写下“灯笼果”三个字，不自觉地咽了一下口水，儿时那酸酸甜甜的滋味仿佛还留存在味蕾。经了味蕾的提醒，那些被时光珍藏起来的记忆，不容分说跳将出来，像一盏小灯笼在眼前闪烁。

灯笼果外形酷似一个小灯笼，所以叫这个名字。又因果味酸甜，也叫酸浆果。还因为像一坨狗屎，我们还叫它狗屎端端。小时候，野生资源丰富，各种各样的花草植物连天连地。灯笼果夹杂其中，微不足道。但于我的童年有着美好的记忆。

惊蛰的雷声从头上滚过，灯笼果的种子也睁开了惺忪的睡眼，伸个懒腰，抻出细嫩的茎，顶开头上的土，和许多不知名的野草一起，推推搡搡地长成一片绿油油的风景。

灯笼果的茎节不是很高，叶子和辣椒叶相似，长圆形，顶端渐尖。翠绿的枝条上开白里泛黄的小花，毛茸茸的，花冠向四面辐射，就像一只只小喇叭在暮春里吹响。夏初，小花凋谢，长出青色的小果，外面罩着一件绿色的带浅紫竖纹的纱衣。摘一个，放手里，使劲一拍，会有“啪”的一声响，引得别的小伙伴一阵跟风拍响。

麦子黄熟时，灯笼果也黄熟了，仿佛一袭橙红色纱裙的姑娘，“犹抱琵琶半遮面”，我见犹怜。也像一盏盏小巧的灯笼，金灿灿地闪烁在绿色的原野。

我们上学时，没什么课外作业，也没什么零食。放学路上最大的乐趣是窜进田野，踅摸一些可以入口的东西。五月的麦子由青变黄了，揪几穗下来；玉米拔节长高了，偷偷掰一个；蚕豆角老了，摘一把。这个去找来破瓦片，那个去找点小树枝，找个僻静又背风的垄沟，生火开吃。麦穗放火上燎一下麦芒，放两只手掌里搓一搓，把麦皮吹掉，一口捂嘴里，嚼一嚼，满嘴的新麦香；蚕豆放瓦片上炕炕，吃一口清香黏糯；玉米剥去青苞衣，屁股上戳根小棍，放火上烤。一个个啃得一嘴黑灰。一边吃，一边担惊受怕，害怕被发现，那样就少不了一顿打。所以，这样的事不敢常干，偶尔为之。

摘野果就不一样了，安心找，安心吃。山葩葩、小满子、野香瓜，最好吃的还是灯笼果。地头、河沟、荒坡，到处都有它们的身影。这时候的灯笼果，已经熟透，黄色的苞衣成了网状羽衣，里面黄色的浆果隐约可见。小心翼翼地剥去外衣，浆果像一粒玲珑的珍珠，也像剔透的玛瑙。放进嘴里，有葡萄的酸，还有苹果的甜，一个两个十个，百吃不厌。吃得解馋了，还可以做成灯笼串玩。折一根细细的柳枝，在灯笼果的根部系上线，绕在树枝上，绕出一串灯笼，提着边走边吃边玩，直到妈妈的喊声在暮色中响起，才赶紧跑回家吃饭。

书上说，灯笼果属多年生草本植物，有的地方叫姑娘果。《本草纲目》有记载："燕京野果名红姑娘，外垂绛囊，中含赤子如珠，酸甘可食盈盈绕砌，与翠草同芳，亦自可爱。"果子里富含维生素、各种氨基酸和多种微量元素，营养价值丰富。不知是不是一种东西。

母亲会用灯笼果嫩叶清炒、烧汤、做馅或做青头下面条。

村里人有个咽喉肿痛、感冒咳嗽的，就会用灯笼果泡茶喝。不管是果子还是整棵草，泡茶煎水，能清热解毒杀菌，还能利尿、降压。

一想起灯笼果，口舌生津。吃、玩灯笼果的乐趣回味无穷。记忆中的小小灯笼果，指引着我们回归自然，回到故土，回去它身旁。

果木辞

野葡萄

上古先民在祝福新婚夫妇时这样唱道："南有樛木，葛藟累之。乐只君子，福履绥之。"南山有很多生长茂盛的樛木，树枝下垂，葛藟爬上这些树枝，快乐地生长蔓延，将樛木覆盖。至于快乐的君子，能用善心和善行安抚他人，使人安定。以两种植物紧密缠绕的状态形容女子嫁给丈夫后的亲密，也以密集的果实象征多子多福，洋溢着喜庆祝福的氛围。隔着几千年的时光，学名葛藟，小名野葡萄的植物还在山间自由生长。

小时候居住地云山，不缺山，山中不缺树，也不缺野草、野藤和灌木。我家后面山坡，有风动石、蛤蟆石、龟石，各种石头，楝枣树、槐树、桑树，各种杂树，山葩葩、小满子、棠梨，各种野果。最是野葡萄野性，不管生存空间如何逼仄，只要有一撮土，它们就这里一丛，那里一架，蓬蓬勃勃地爬满身边的荆条和树木。

不知它们最初是如何选择这面山坡的，是哪一只路过的鸟带来的种子，还是风将它们刮过来的，还是松鼠把不能消化的种子留在这里的，一棵两棵三棵的野葡萄冒出头来，顺着身边可依靠的树木往上爬。

野葡萄比一般植物发芽迟缓。身边那棵老榆树的榆钱落了一地，它才苏醒。一旦醒过来，便斗志昂扬，奋力向上。

这时的后山坡，入眼都是绿，就连山涧的水也绿莹莹的。草丛石缝里的藤蔓植物皆探出嫩芽，匍匐前进，秘密扩张。野葡萄有些不同，不是横向推进，而是纵向攀登。身边的荆条树干都烙有它的足迹。也不掩饰自己向上的欲望，以坚忍的意志，不屈的精神，一步一步攀上高大的树木，抽条展叶。弯弯绕绕的藤蔓，扭扭卷卷的须，碧绿生青的叶片，散漫地爬满树的枝丫。五月里，吐絮开花。一串串浅黄嫩绿的小花在繁茂的枝叶间捉迷藏，你要是不留神，几乎看不出来。

野葡萄花期也短，待到树下铺上一层薄薄的鹅黄色地毯，你才知道，还没见花开，花就已经落了。很快，青色的细小的颗粒就结出来了，枸杞子一样，貌不惊人。长着长着变成黄绿色，到了八九月，变成深蓝黑紫。乌溜溜水灵灵亮晶晶，小姑娘的眼睛一样。我们乡里人夸哪家姑娘的眼睛好看，就会说像黑葡萄一样。

天蓝蓝的，云白白的，泉水淙淙流向山谷。两边石头缝里的野花，摇头晃脑，像我们一样自在。不经意的一阵风吹过，你的鼻子便能捕获到一缕清新的甜香。

寻香而去，摘下一粒往唇间一送，轻轻一吸，蜜汁刺溜流进嘴里，除了最初那一丝浅浅的酸，余下满口香甜。于是，或分散找，或围着一棵抢，打打闹闹，清脆的笑声，回荡山野，惊起了柿树上几只麻雀。树下的松鼠，也拖着蓬松的尾巴，跑出草丛，停在不远处的山石上，回头瞪着圆滚滚的眼睛，不知所措。

那时候，家家生活困难，大人也无暇看管孩子，顾得一日三餐周全，就算不错了。可我们一样快乐成长。就像野葡萄一样，虽然脚下的土壤薄，水分少，但在阳光雨露下，一样顽强生长。

野葡萄不仅好吃，还能入药。乡亲们用它治气血虚弱、肺虚咳嗽。根煎水，还能清热解毒、祛风除湿、散瘀消肿。

不知道现在的孩子，有没有听说过野葡萄，他们吃的水果各种各样。仅是葡萄，就有巨峰、夏黑、白牛奶、早玫瑰、醉金香、提子、红宝石，营养价值都很丰富。但我仍为他们没有了找野葡萄的乐趣，馋野葡萄的诱惑，吃野葡萄的美妙时光而感到忧伤。

品尝野葡萄，是品尝家乡独有的味道，也是品尝一种生活态度，一种生命精神。那一架架缠绕的藤蔓，一串串饱满的果粒，高高地挂在后山坡，也挂在我们的眉间心上。

八月炸

八月，是植物成熟的季节。长在深山里的八月炸耐不住寂寞，顾不得矜持和体面，在太阳底下，直截了当炸开自己腹缝线，袒露着白中带黄或白中泛紫的果肉，溢出的清甜香气，勾引得虫儿、鸟儿和我们一起纷纷赶来，热热闹闹地抢食这大自然赐予的珍馐美味。

我和伙伴们一年总能吃到一两次八月炸。它是云台山麓一种野生的藤蔓植物。一般不在山坡上生长，专挑沟壑、崖壁扎根，或是一头钻进灌木丛，把身子缠绕在别的树上，攀上枝头吸取阳光。暮春开花，花分雄雌。雄花绿白色，呈针形，花瓣极小。雌花是紫色，外轮是圆形。初夏花瓣褪尽，开始挂果，一棵能结三五个长圆形或椭圆形的果子，既像瓜又像豆，更像香蕉，我们也叫它野香蕉、狗腰子。

说起来，吃八月炸也是要机缘的。即便是山里人也不一定每次进山都能品尝到。一来八月炸少，只有在林子深处或悬崖边才能找到它们。即便找到一棵，也结不了几个；二来八月炸纯天然生长，不熟时不好吃，熟了又会炸开，炸开后人找不到它，就会被鸟雀吃掉，剩下个空壳让来迟一步的你望“壳”兴叹。

小时候，常跟着哥哥姐姐去滑皮崖拾草，哥哥姐姐在坡上捡树枝，我在沟边抓蝴蝶。那里的蝴蝶很多，黑的、黄的、花的，小的苍蝇大，大的有蝙蝠大。抓着抓着，就到了一处崖壁，看见上面几个咧着嘴傻笑的八月炸。我过不去，只有干咽唾沫。为了让我吃到，哥哥爬高上低，手被灌木丛划破一条口子，终于摘下五个。接过那个炸开的，一口咬下去，香甜多汁，清爽滑嫩，味道与香蕉相近。但果瓤的颜色和香蕉略有不同，香蕉白中带黄，它则是白中泛些黑紫，果瓤上布满了黑芝麻一样的籽粒，像是火龙果的果肉，只是口感比火龙果的清甜更浓郁些。在嘴里打个滚，直接滑进了肚子。吃完后，满嘴生津，清香缭绕，舔嘴咂舌，意犹未尽。还有四个表皮呈绿黄色的带回家，放在麦囤里捂着，两天后自己开裂，那美妙的香味弥漫整个院子，香透一个村子。

哥哥说，《西游记》里贪嘴好吃的猪八戒，到花果山时，瞒着孙悟空偷吃了山里的一种长生果，就是八月炸。八月炸未成熟时，果子是青色，熟了会慢慢变黄变红变紫，有点像茄子的那种紫。山外人一般不认识。每到八月中旬，我都会跟着哥哥姐姐进山。那八月炸哪怕是隐藏在石缝里、灌木中，也躲不过母亲嘴里好吃眼尖、馋痨鼻尖的我们。

因为好吃，我们常常忽略它的药用价值。大人们就不同了，他们知道八月炸除了好吃，还有其他作用。八月炸又叫三叶木通，通心清肺，通大肠，利小便，还能解药毒。谁要是心烦意乱，肝气郁结，腰疼肚疼月经疼，木通都能“通通”。即便无病无痛，山里人家，也常用晒干的八月炸皮、瓤泡水喝，强身健体。

那个写出“日啖荔枝三百颗，不辞长作岭南人”诗句的诗人，如果有机会品尝八月炸，或许又想做云台山下连云港人，也未可知。

酸 枣

只有吃过酸枣的人，才知道什么叫“焦酸”。打出“酸枣”这两个字，嘴里就泛起一嘴巴的口水。其实它算不得枣，入不得果品行列，自然也上不得台面。可那独有的酸甜，隔着多少年，味蕾都没能忘记，随时准备为它起舞。

山里的植物像山里的孩子一样，一般都有学名和乳名。好比山药又叫土豆，红薯还叫地瓜，多来自母亲的亲昵和宠溺。可酸枣就叫酸枣，好像不值得费心思给它再起个名字。

后山坡上沟壑纵横，杂树生花，山葩葩、小满、山柿子、毛桃，各种野果，引诱我们三天两头往后山跑，以便抢先摘了吃。只有小酸枣，一般人不待见。

酸枣树长在沟壑旁，与乱石间的蒿草、刺棘混杂在一起，成片成堆，拥抱成一个大家庭。鸟衔来、风刮来的种子，坚守着一种虔诚，在石缝里扎根，在阳光下长得特别欢实。树枝虬曲矮小，浑身带刺，叫作树好像不太合适，应该算是灌木。别小看酸枣树低矮，可也有树的品相，树皮细硬，纹像蛇的鳞片，枝、叶、花的形状和果的味道与普通枣一样。

春天，干枯的枝头冒出嫩芽，舒展浅绿色的叶片，鲜嫩清新；初夏，开出芝麻大的小花，黄灿灿的，招蜂引蝶；花脱落后，枝叶间就有了绿豆大的绿疙瘩，这绿疙瘩越长越大越饱满，长到指肚大就不长了，中间的核越长越硬。外皮也慢慢泛红，青的，红的，半青半红的，色彩艳丽；秋天，酸枣熟了，圆溜溜、红彤彤，宛如晶莹透亮的珍珠玛瑙。风吹过，在叶子的光影之间窜来窜去，捉迷藏。吃的时候，一颗一颗不过瘾。都是摘满一手心，一把塞进嘴里，一边嚼，一边酸得五官皱成干枣。清脆爽口提神，解渴又解馋。那酸能酸得人打个激灵，那甜也甜得人浑身舒爽。我们吃酸枣，与其说是享受美味，倒不如说是在品尝一份心情。到了下霜的季节，还有漏网的酸枣挂在树上，那点红色像路标一样，指引人前往。

枝细叶小的酸枣树，看起来弱小，身上却长满棘刺，大概是造物主赐给它的自卫武器。摘酸枣的时候一不留神，就会被酸枣刺毫不客气地扎一下，钻心地疼。有时候那刺会戳进肉里，留个小黑点，一碰就疼。要把指头肉捏起一小撮来，凝住血，用针才能挑出来。还有一种浑身碧绿长毛的虫子“洋毛喇子”，藏在枣叶里，很难发现。如果被它叮一口，马上就会鼓起一个肿包，火辣辣地疼。但这些都没能吓退肚子里的馋虫。

南朝梁陶弘景对酸枣树有过描述：山枣树如棘，其子如生枣，其核如骨，其肉酸滑好食，山人以当果。其实，称酸枣为“棘”，始于《诗经》，“凯风自南，吹彼棘心。棘心夭夭，母氏劬劳。”可见酸枣也是有些来历的。

普通的草木，都藏着生命的秘密。村里人多不懂药理，可是知道晚上睡不着觉，用酸枣仁熬汤喝；采来酸枣芽炒制成茶，泡来喝消烦去燥。酸枣浑身都是宝，村里有人心腹寒热，邪结气聚，或是神经衰弱、心烦失眠、多梦、盗汗、易惊的，村里的张医生，就教人八九月采成熟的酸枣，砸开核留下仁，直接吃或晾干泡水，能养肝、宁心、安神。

岁月不居，时节如流。生活中有许多种味道，随时光化作尘埃消逝在苍茫里。想起小酸枣那酸里带甜、甜里泛酸的味道，味蕾开始舞蹈。童年的时光，如酸枣一般意味悠长。

山葩葩

一直到读鲁迅先生的《从百草园到三味书屋》中“如果不怕刺，还可以摘到覆盆子，像小珊瑚珠攒成的小球，又酸又甜，色味都比桑葚要好得远”才知道，家乡漫山遍野的山葩葩就是“覆盆子”。

我们家山坡、沟边、地界、林边、灌木丛，随处可见可以吃的野果。扚茅樱，摘山葩葩，那个扎着两个羊角辫，穿着红小褂沿着山坡溪涧摘野果的小姑娘在自然山水中寻觅一片绿叶红果的纯粹质朴，也寻觅一份山野的秘密和童年的快乐。摘野果给物资匮乏年代的我们充饥、解渴，也使我们的孩提时代五彩缤纷。至今想起，还让人口舌生津，跃跃欲试。记忆中有一大段被山葩葩映红的时光。

春天里，山葩葩开始发芽、长叶、发棵，荆条四散生长。

从藤到叶都长着细小的毛刺，荆条上的倒钩刺不小心勾着衣物或手脚时，一扯就拉条血口子。藤蔓繁茂，肥厚深绿的叶片挤挤挨挨，像小儿的手掌。柔嫩的枝条或匍匐在地，或临空摇曳。暮春开出一簇簇的白色或粉色的花。一小朵一小朵五瓣小花，像小姑娘天真的脸，那花瓣末端打着点卷，又有点像小姑娘的裙边，散发着若有似无的清香。待到花谢，结出一个个青青的小果来，小果一天天变黄。

到了初夏，麦子成熟的季节，山葩葩红了。暖风中弥漫着成熟的山葩葩香甜的气息。樱桃大小的山葩葩，小巧可爱，外观呈心形，末端成钝圆形，底部稍平，空心，聚合果粒紧实细密，一粒粒细小的多汁的冰晶般的红粒，垒积在一起，像个倒置的小盆。表面看有些像草莓，也有些像荔枝。从侧面看，果子上有一层细细的须毛，每个细小晶粒上都有。一粒粒掩映在肥绿的叶片丛中，嫣红生色，正如那万绿丛中一点红，而那不是一点红，那红像少女湿润的唇，娇艳欲滴；也像晶莹剔透的红玛瑙，鲜艳夺目。恰如星子般点点闪烁在摇曳的青绿里，叫人一发现它就不禁欢呼雀跃。但高兴归高兴，摘的时候还是要小心。如果被枝条上的刺扎着，手就会被刺疼出血。要小心地拨开枝叶，探长身子，伸长胳膊，小心翼翼地踮起脚，从枝托处轻轻摘取。“山葩葩”吃起来口感非常好，甜中带一点点酸。

我们总是先摘几颗新鲜的大的解解馋。无须清洗，自有山风为它掸尘，雨露为它沐浴，我们只管尽情地吃个够。摘下果来的茎诚如柿蒂，还会有蚂蚁嗅着甜气爬上去游戏。

吃足以后，我们会拔几根顶尖坚硬的狗尾草把山莓莓穿成一串串带回家。有时候小伙伴之间还比赛谁串得多，谁串得好看。嘴馋的孩子拿不到家，挂在脖子上忍不住一口口咬着吃，吃完还津津有味地吮吮残留在指尖的汁液。还有来不及拔草的，就直接塞到口袋里，到家时口袋贴着肌肤处早已洇湿一片，那些挤压得变了形的山莓莓被掏出来，捏在手中，把整个手染得嫣红，随手塞进嘴里，直接地吞下去，味蕾处依旧散发着清甜的馨香。那些熟透未被及时采摘的果子，或是糜烂掉到藤叶间，或是遭遇小飞虫甚至生出蛆虫，最终化作春泥护花了。

还有一种野果和山莓莓相似，叫“蛇莓莓”，果实非常鲜艳。大人们说那是因为蛇喜欢在上面吐口水，所以果子才那么红那么亮，是有毒的，所以我们碰也不敢碰。大人还说，山莓莓益肾利尿，吃完山莓莓，小便能把尿盆打翻。小孩子是不管这些的。

记得有一次，家里人都到地里收麦子，我一个人在屋后小山坡找山莓莓。看到地边红红绿绿的一蓬，急切地奔了过去。到了近前一看，是一条鸡蛋粗细的花虎鬼蛇盘在那里，昂着头，虎视眈眈地看向我。我吓得一屁股坐到地上，心里想跑，可是腿站不起来，连哭都忘了。不知过了多久才狼狈地逃回家。从此，再不一个人去摘山莓莓。

童年的山莓莓婆娑在杂草灌木中，载着质朴岁月里简单的快乐，逆流而来。

桑　葚

山中一位师友，赠了我一瓶自酿美酒，酒体丰满，看起来紫里泛着琥珀光，闻着醇香直沁心脾，饮后齿颊留香，回味绵长。

一问才知，是以他家茶园里长的那几棵桑葚为原料酿制的。看着杯子里晶莹剔透的桑葚酒，我仿佛又回到悄然远逝却常忆常新的童年时光。

那时物资匮乏，小孩子没有什么玩具和零食，好在有房前屋后的桃、李、杏、桑葚、柿子什么的，打打馋虫。

每年麦梢在布谷鸟的叫声里悄悄变黄的时候，后山坡上一片桑葚的颜色也由青变白，由白变红，由红变紫，由紫变黑。藏在层层叠叠桑叶中的桑葚，闪烁着宝石一样迷人的光，诱惑着你的心蠢蠢欲动。

比我们更早知道消息的是鸟，布谷、灰喜鹊、斑鸠，叽叽喳喳，呼朋引伴，纷纷赶来啄食。我们也不甘落后，三五成群，放学后，来不及回家放书包，直接背到后山，往树根旁一扔，猴子一样蹿到树上。正在享受美味的鸟儿，胆大的继续埋头苦吃，紫色的汁液飞溅到我们的脸上；胆小的受了惊吓，迅速飞离。弹起的树枝，摇落一阵紫雨，洒在我们身上。

桑葚从最得阳光的头部红起，那脆生生的红，像小女孩脸上天生的一抹红晕，慢慢地往深里去，像是姑娘两腮的胭脂红，再往深里去，就是紫红、黑红了，像是长期田间劳作的嫂子大娘们脸颊的黑红。此时的桑葚，褪去了青，褪去了涩，浑身透着光亮，胀满水分，一不留神就会把它捏破，溅出紫色的汁来。我们不管这些，你争我抢，大快朵颐。摘一把捂嘴里，果汁四溢，甜中带点微酸，满嘴生津，那特有的味道，让人生出一种满足，一种惬意，从嘴巴直下心田。不一会儿，每个人的手上、嘴上和衣服上无一例外沾染得斑斑点点，个个变成了花脸猫。你看看我，我看看你，相互打趣嬉笑，树下喜庆又热闹。

要不了两天，矮枝上的桑葚所剩无几，高枝上又可望不可即。人够不着，鸟没吃完的，就落到地上，继续释放甜蜜。时间一长，腐烂发酵，又增加了一种特别的味道，后山坡氤氲着陈年老酒的气息，仿佛走近就有醉的可能。

醉于桑葚的，还有历代文人。《诗经》里有“于嗟鸠兮，无食桑葚；于嗟女兮，无与士耽”，斑鸠吃多了桑葚会迷醉，从树上掉落被猎人捕获。少女不能像这些贪吃的斑鸠那样，因为沉迷于爱情被轻薄的男子始乱终弃。汉代乐府诗里有《陌上桑》，“秦氏有好女，自名为罗敷。罗敷喜蚕桑，采桑城南隅。”采桑女子的美貌打动了路过的太守，自以为是的太守以为凭借自己的权势，能把罗敷带回家。没想到碰了一鼻子灰，还被奚落一番。唐代有教坊曲《杨下采桑》，还有那短小轻快，有民歌韵味，又有豪放、婉约之风的词牌《采桑子》，都是桑葚文化、民俗风情的延续。

乡亲们的醉，比较实惠。春天桑树刚刚发芽，就把它采下来炒制成茶叶，泡水喝。还可以养蚕，从蚕宝宝沙沙地啃噬桑叶的声音里，母亲就看见了蚕丝，看见了零花钱。父亲会砍下柔韧的桑枝，用火烤成桑杈，打麦时翻场用。

在村里张医生的眼里，桑葚含有花青素和一些功能性成分，有防癌、抗衰老、抗溃疡、抗病毒作用。对糖尿病、贫血、高血压、神经衰弱都有疗效，还可以乌发明目。常吃可以生津止渴、促进消化、清理肠道。

他还给我们讲故事。相传刘邦在徐州曾被项羽打得丢盔卸甲，一行人躲进阴暗的山洞里避难。因惊恐过度，头痛、头晕的老毛病复发，头痛欲裂，天旋地转，腰酸腿软腹胀，痛苦不堪。当时他身处的汉山桑林密布，桑果累累。刘邦渴饮清泉，饥食桑果。没几日，头痛、头晕、腹胀的毛病都好了，神清气爽。后来刘邦虽成了汉朝的开国皇帝，却念念不忘乡野之物——桑葚，命御医加蜜熬膏，常年服用，延年益寿。

现在的孩子，没了我们食品匮乏时的馋，肯德基、麦当劳，车厘子、猕猴桃，新西兰苹果、泰国香蕉，想吃什么有什么。至于桑葚，见到是在超市。桑葚还是桑葚，却少了其中采桑叶、摘桑葚、吃桑葚的过程，就少了一种劳动的乐趣和文化的滋养。

山栗子

白露以后，老家后山坡的山栗子渐次成熟，空气中弥漫着甜香。从树下经过的人，都会不自觉地抬头仰望枝头，看栗苞大小、色泽，估摸着下手的时机。

但对栗子下手，不太容易。

像许多植物的果实一样，为了在大自然中生存和繁衍下去，它们都有自己独到的生存秘籍。苍耳的钩刺能挂在动物的毛皮上；蒲公英的种子随风飘向远方；豌豆炸裂，向内蜷缩的壳能将种子像子弹一样发射到远处；核桃、白果的表面，覆盖着苦涩的果皮，像一道屏障；板栗更厉害，身上裹着一层密密麻麻的硬刺，像只小刺猬，让人望而生畏。你敢下手，就扎得你出血，生疼。

乡村的孩子，掌握一切吃食的法则，任你长着刺，裹着皮，只要想吃，就有办法对付。

暮春时节，漫山遍野的栗树开花，挂满了漂亮的“毛毛虫”，浓郁的芳香招引得蜜蜂嘤嘤嗡嗡，来回奔忙。老辈人会采一些花穗编绳，晒干当蚊香用，熏得蚊虫不敢靠近。小孩子则眼巴巴盼着它们早点结果。

经过夏天的生长和秋天的酝酿，板栗个头由小到大，跟乒乓球的大小差不多。表皮由淡绿渐至深绿转至鹅黄，最后变成金黄。秋风一吹，满坡的栗子树顺风而摇，远远望去，像一个个吊挂在树枝的小刺猬在荡秋千。随着果实日渐丰盈，刺壳兜不住了，等不及选个良辰吉日，在秋风中啪啪炸裂，滑溜溜的栗子争先恐后滚落在地。我们提溜着篮子、袋子，蜂拥上山，捡栗子。不仅能当零食，还能卖点零花钱。

贪玩又没有耐心捡栗子的大头，喜欢打栗苞。腿脚利索地爬到树上，一转身就骑在枝丫间，扶着树干立起身，提起右脚，在树枝上猛踹。顷刻，开壳后将落未落的板栗，“噼噼啪啪”掉落下来，扁的、圆的，或金红，或暗褐，躲进草丛里，和你捉迷藏。小伙伴们比着眼尖手快，山坡上一片欢笑。踹不出栗子了，大头就让小俊递根小棍给他，树下的小伙伴知道他要打栗苞，一个个像受惊的鸟，四散逃开。随着大头挥舞的小棍，一个个栗苞被赶到地上。

栗子有三层皮壳。外层的刺壳、刺壳里的硬壳，硬壳里还有一层包裹栗肉的薄膜衣。小孩子嘴馋，急着尝鲜，还喜欢尝栗苞里的“鲜”，一点也不怕麻烦。可心急吃不了热豆腐，掌握不好角度力度，手指常会被那些尖刺扎得冒血珠。

随便在裤腿上抹一下，左手拿小棍把刺苞夹稳，按住，右手拿石块砸，砸破后小心地掰开表层取出栗子，用嘴咬开坚硬的外壳，剥去覆在栗肉上的膜，扔在嘴里细细地嚼，那鲜脆，那香甜，不仅解馋解饥，还有一种历尽辛苦后收获的喜悦。让我们从小便明白，先付出后享受、先苦后甜才是人生真谛。

打下的栗苞，搬回家摊开在院子里晒，晒干裂后用脚踏，就能把栗子踏出来，方便很多。

别看栗子有着强硬的外表，内心却很“脆弱”，是“忙闹骨”，放在那要不停地翻动，放那不动，三两天就坏了。一般人家都是把栗子风干或冷冻。吃的时候先用开水烫一下，不然，栗肉上的那一层膜衣很难去除。

栗子与桃、杏、李、枣被人们称为中国古代五大名果，素有“干果之王”的美誉。

家乡云台山那大片大片的栗子树，学名“红林 3 号”，通称山栗子。常年下有肥土甜水哺育，上得云雾雨露滋养，外形整齐美观。褐色外壳，圆鼓鼓，滑溜溜，光亮亮。内里肉实饱满，甜糯，含糖、淀粉、蛋白质、脂肪和多种维生素、矿物质，营养丰富。生吃脆嫩香甜，满口生津；熟吃又甜又沙，唇齿留香。

栗子还是一剂良药。生吃能止血；捣烂外敷，能治跌打损伤、瘀血肿痛；常吃能治小孩口舌生疮、大人口腔溃疡；体质虚弱的人，常用栗子炖鸡汤滋补身体。逢年过节，糖炒栗子、栗子粥、栗子烧鸡、栗子烧肉，一道道美味，让人欲罢不能。

栗子成熟的时节，每每闻着缕缕栗香，便觉内心充盈，笃定安详。

冬青桃

从某种角度说，冬青桃是桃中异类，晚熟品种，也是桃中极品。在少有鲜果的冬季，咬一口冬青桃，每一丝肌理都富含冬日里缺乏的维生素、流失的矿物质，每一缕颜色里都有月光和阳光凝成的思念。那鲜甜的滋味，满足了我们舌尖、胃和内心对甜蜜的期待。

阳春三月，大地回暖，万物苏醒，百花盛开。一树一树的桃花，开得你追我赶，热烈娇艳，像是灼灼燃烧的火焰。后山坡上的那片冬桃，却不为所动，静若处子。守着山泉的启蒙和溪水的叮咛，循着天性和天意，专注地在自己的内心酝酿芬芳和甘甜。

在别的桃花花瓣凋落，零落成泥时，冬青桃按照自己的节奏，不紧不慢地开花结果。那花那果如《西游记》中对蟠桃园的描述："夭夭灼灼花盈树，颗颗株株果压枝。果压枝头垂锦弹，花盈树上簇胭脂。时开时结千年熟，无夏无冬万载迟。先熟的酡颜醉脸，还生的带蒂青皮。凝烟肌带绿，映日显丹姿。"虽不似蟠桃三千年开花，六千年结果，那花期也确实比一般的桃花迟，迟个十几二十天，果实更是"难产"，整个周期要半年以上，到初冬才成熟。

入冬以后，天气渐渐变冷，果树的叶子所剩无几，光秃秃地蛰伏山野，进入休眠期。只有后山坡的冬青桃，倔强地立在瑟瑟的寒风中。叶子边沿也会有霜打的痕迹，但总体依然青绿。青绿的枝叶间一个个冬青桃还在攒着劲由内往外着色青紫，不肯卸妆。因为入冬后阳光不足，冬青桃的颜色不是全红，半边脸红润，另半边墨绿，像是在川剧里玩变脸。

等不及桃子成熟，我们小孩子就忍不住了，像一群小麻雀围着半青半红的桃子打转转。三两人一伙，个子大的顺着树干爬到枝丫间，伸手摘；个子小的就地找根小树棍敲，或是捡块石子扔，常常是桃子没打下来，桃树下狼藉一片。侥幸击落几个，大家蜂拥而上，在衣服上擦擦就往嘴里塞。没熟的桃子很酸，还有点涩，有点麻，刺激得我们龇牙咧嘴，五官搬家，可我们仍然乐此不疲。回家以后，衣服粘上的树干、树枝，还有坏桃上黄褐色透明的树脂，成了我们抵赖不掉的偷嘴证据。

冬桃个头比黄桃小一些，圆形青皮，真正成熟的时候，果肉变红，核也变红，不粘果肉。鲜甜中带着微酸，水分比一般的桃子少，脆脆的，有香气，口感不是一般的好。可惜，枝叶间所剩无几。仅存的硕果挂在高高的树梢，红莹莹的，有的还炸开了口，调皮地冲着你笑，仿佛在说，来啊，来啊，上树来吃我啊。

摘下来的桃子，放到盛粮食的坛子中，密封起来，到春节时取出来，跟刚摘下来的鲜桃一样，堪称“仙桃”。

说它是仙桃，也有渊源。相传，当年吴承恩写《西游记》，写到孙猴子时，没想好孙猴子的出生地，也不了解猴子的习性，下笔困难。经朋友指点，到离淮安不远的云台山寻找灵感。一日漫步山间，发现这里冬天居然有一片桃林，还结了很多桃子。就问一位白发老者原因，老人说：“这里的桃子是‘冬青桃’，就是冬天结果。”见吴承恩有疑问，便继续讲道：“老辈人讲古，说从前这里荒无人烟，后来来了一对逃难的小夫妻，住在山洞里，辛勤地开荒种地，栽花种树，把这里变成了花果山。王母娘娘看了很感动，让桃花仙女送给他们两个蟠桃和七七四十九颗仙桃核，小两口吃了蟠桃，把两颗蟠桃核埋在洞口，把仙桃核种在地里，长出桃林。小两口随桃花仙女飞升成仙。”吴承恩进而请老人带他看看小夫妻住的山洞，找到了两棵桃树，可没结桃子。老人又解释说：“据传，女娲炼石补天后，还剩一块石头，随手扔到了东海，这块石头采天地之灵气，聚日月之精华，突然有一天炸开了，蹦出一个石猴，石猴见风长，成了山中猴王。有一次带着一群小猴子，到这里找果子吃，把满树的蟠桃都吃光了。蟠桃从开花到结果时间太长，到现在还没等到花期。”吴承恩思路一下子打开了，为孙猴子找到了出处。

桃子还是拜神祭祖的贡品，也常用来祈福。在我们乡间，老人过寿，食物礼品讲究不尽，唯有寿桃是必不可少的，用来表达对老人健康长寿的祝福。

又到初冬，记忆中的冬青桃枝繁叶茂，树下，童年的小伙伴笑语喧哗。

猕猴桃

在赣榆金傲来农业园，十几万株猕猴桃成排成行顺地势起伏，整齐壮观地裸露在初冬那一片辽阔的丘陵上。

此时，随着生命的循环往复，叶基本落尽了，剩下的，圆形的边卷曲着，紧紧地攥着露水、花香和鸟鸣的秘密。生命力在衰减中蓄积，暗流奔涌。那褐色的躯干依然支撑着枝枝蔓蔓，挺立的姿态玉树临风般从容。整个园区在落叶的芳香中并不显得萧索，反而有一种静谧的美感。那静谧中酝酿着一种激情，一种遒劲。在天地的苍茫中，遒劲是主旋律，是内在的升华，是一种繁华散尽后的质朴和淡远。

毫无疑问，初冬不是猕猴桃展示风采的季节。它的风采在春秋两季。从藤蔓的皱褶里嗅出的花香果香，能丰盈你的想象：阳春三月，如丝的细雨一淋，它们一个激灵，从沉睡中苏醒，冒出嫩绿的新芽，枝条像葡萄一样牵出长长的藤，绕着架子往上爬，枝枝蔓蔓盘根错节地舒展开来，慢慢地把一人高的水泥架子都盖住了，整个园区变成了一片绿色的海洋。四五月份，猕猴桃繁枝茂叶间开出许多形状像张开的小伞一样的乳白色花朵。花香串起鸟鸣，引来一群群蜜蜂采蜜授粉，嘤嘤嗡嗡，整个林子充满汹涌的声浪。不几天，白色的小花变成黄色，在风中凋零。顶着残瓣，猕猴桃就迫不及待冒出一个个指头大小的小果。到了中秋，绿荫又深又浓，椭圆形的猕猴桃果成熟了。绿绿的，黄黄的，茸茸的，好热闹般挤在一起，既躲躲藏藏又探头探脑，那顽皮的模样真如一个个小猴头。轻柔的弧线上，闪动着诱人的光泽，弥散出淡淡的甜香。这时候，拈一枚果实，用刀一剖两开，晶莹润泽。中间黄中带白的椭圆形心柱周围，轻巧地点缀着许多亮晶晶的小黑籽，再往外一圈是放射状的美丽花纹，像菊花的瓣，也像太阳的光芒。最外面挨着表皮厚厚的一层是非常好看的翠绿色的果肉。想象着入口的鲜嫩柔软，顿觉口舌生津，嘴里泛起酸溜溜、甜滋滋的味道。

金傲来农业的“傲来”，是取《西游记》小说中东胜神洲傲来国之意。猕猴桃，又是神似小猕猴的仙果，于是，便有了把传统文化楔入现代农业的金傲来。

对于猕猴桃，不少人有错觉，以为原产地在新西兰。其实不然。二十世纪初，新西兰人从中国引进了猕猴桃，改了个名字叫奇异果。近年来，新西兰猕猴桃成了优质猕猴桃的代名词，似乎“新西兰奇异果”就代表“高端”和“洋气”，颇有些少小背井离乡，成年荣归故里的感觉。其实，早在诗经年代，我们就有关于猕猴桃的记载。“隰有苌楚，猗傩其枝。……隰有苌楚，猗傩其华。……隰有苌楚，猗傩其实。”猕猴桃生不择地，随遇而安，生命力顽强。即使生长在潮湿的地方，依旧开枝散叶，花美果肥。更有唐代岑参留下的诗句“中庭井栏上，一架猕猴桃”，说明一千多年前，猕猴桃就被我们广泛地种植栽培。

偌大的园区，猕猴桃并不孤单。一片大樱桃，一片石榴，一片梨，一片枣，错开季节，捧出花果。还有路边的海棠、榆树、核桃，既是景观树，又可以防风。还有一畦一畦的玉米、白菜，各种生命聚集在一起，和谐、自然，壮阔、温暖。那片玉米地里，一棵牵牛花的藤蔓仍像夏季一样，缠绕在玉米枯干的躯干上。金傲来人遵循“生态农作法”，不上化肥，不打农药，不用膨大剂，坚持人工除草，施用农家肥和有机肥。园子里养鸡放鹅，间种其他农作物。鸡粪、鹅粪和草绿肥，增加了土壤肥力。偶有一两个穿着鲜艳衣服的女子躬身其间，喊话声带着浓郁的赣榆腔，亲切地在野地扩散。不知是在撒有机肥，还是清理杂草，抑或是整理猕猴桃水肥一体化的输送管路。一群芦花鸡在悠闲地踱步，在玉米干枯的秸秆间穿行，有一口没一口地啄着漏网的玉米粒或是草籽。那只领头的公鸡羽毛鲜艳，鸡冠上的大红浓烈张扬，四下巡视，如傲慢的国王。池塘里几只白鹅不时“嘎嘎”地叫两声，好像提醒人不要靠近它。玉米秸、花生藤码起的草垛，如方形的碉堡，屹立在地头，坚守着古老的节气。

回望猕猴桃方阵，令人震撼。不知不久的将来，人们会不会像提起烟台，就会想到苹果一样，说起连云港，就会想到花果山、猕猴桃。

看种植基地，看冷库，看酿酒车间，不知不觉，夕阳西下，如一枚猕猴桃的红心，散发着温和煦暖的光芒。暮色中，猕猴桃方阵的辽阔壮观被放大，仿佛金傲来无限延长的思路：关于农耕文明，关于西游文化，关于绿色生态，关于乡土情怀……

席地而坐，击壤而歌。四野有回声，那是来自果林、庄稼、湖泊、蒿草以及小野花的遍地应答。

杏

在云山，杏树将自己有序无序地散落在山地、台地、平地三层线状叠加的地貌上。山上、坡下、路边、沟畔、人家房前屋后，到处都有杏树的身影。花开时节，一朵牵着一朵，一枝连着一枝，抱团连串，花云花雨，香风弥漫。阳光下泻，清光流转其间，缥缈似云雾，灿烂若云霞。微风一吹，那云霞在半空中浮动，像是要飞起来。飞不起来也不打紧，随便搁在崖上、水畔，或是映在人家墙上的树影之间，一样撩人。

如果你恰好此时走进平山往东的老君堂、李庄、白果树、黄崖几个村庄，你就走进了“云山十里杏花村”的图画里，古雅、宁静，透着早春微微的凉意。

瓦蓝瓦蓝的天空，大朵大朵的白云，连绵青黛的后云台山，平坦碧绿的沃壤田野，幽深的山林，林间唱歌的翠鸟、黄鹂、花喜鹊，灌木丛中藏身的野鸡、野兔、狐狸，两岸长满楸树、柿子树的大沙涧，镜子一样明亮的水库、池塘，还有茶地、果园，还有跟唐王东征故事有关的驾马沟、苏文顶、烧香河，等等，以独有的特质、诗性和灵气，引领你步入“一去二三里，烟村四五家。亭台六七座，八九十枝花”的古诗意境。

清明前后，漫山遍野的杏树，遒劲的枝干就绽出了密集的花苞。那红萼粉瓣的杏花，像穿着掐腰裙子的乡村女孩，质朴、清纯、贞静、美好，如水的眸子里闪着无邪的光。“道白非真白，言红不若红。”杏花含蕾未放之时，枝杈间点点胭脂红，饱含待放的张力。花瓣刚一绽开就变浅而成淡粉，淡粉薄红轻掩敛羞，“似嫌风日紧，护此胭脂点”，花瓣在风中含蕊保护着胭脂色。但避不开的是那一场纷纷细雨，雨滴滑落花心，抱蕊花瓣渐渐舒展，暗香袅袅，花气袭人。待到雨过天晴，丽日当空，花色盈盈，如覆霜雪。香气由暗转明，花瓣绚烂之至。

大凡花草树木，各有不同的生长习性和寓意。“前不栽桑，后不栽柳”“东桃西榆南梅北杏”在民间流传已久。最有象征意义的还数“杏林”“杏坛”两个词。《庄子·渔父》篇：“孔子游乎缁帏之林，休坐乎杏坛之上，弟子读书，孔子弦歌鼓琴。奏曲未半，有渔父者，下船而来……”杏坛设教的典故，不仅提升了杏在传统文化中的地位，其文化寓意也随之丰盈：挺拔的树干象征弟子正直的品格，密集的果实，象征弟子之多，既可食用又可药用的杏子和杏仁，象征弟子造福于社稷民生。

遥想当年作为孔夫子讲学的杏坛，杏树环绕，花香阵阵，书声琅琅，孔子在花影香雪中抚琴而歌，书香琴韵，有平仄有韵脚地在树影下飞扬。“杏坛”逐渐成为教育圣地。而汉末名医董奉行医不收费，只要求被治好的病人在其家园栽植杏树，谱写“杏林春暖”的佳话，则让“杏林”成为传统医学的象征。

相传，家乡云山家家户户种杏树的传统，也与一位姓张的医生有关。庄上张姓先人研习药理，医术精湛，治病救人。不知是不是受董奉故事的影响，张医生每每看好病人，也不收诊费，只要求他们在其房前屋后种上几棵杏树。附近几个村的人也沿用这种方法表达对他人的感恩之心，久而久之，云山杏树蔚然成林。

每当春尽花残，花蒂上结出豆粒大的小青果，在圆圆的嫩叶里躲猫猫。那小果子一天圆一圈，像是初生的孩子，一天一个样。颜色也由青渐变为黄，先是黄一小圈肚脐线，接着是一润一润的亮黄。五月，麦子黄梢的时候，黄澄澄的杏子缀满枝头，像是一颗颗感恩乡土的心，照亮的不只是孩子的目光，还有大人们的日子。

我们这些孩子总是等不及杏子成熟，从小青果开始，天天仰着头看，恨不得它一夜之间变黄。瞄个大人不在家的机会，就会爬树够几个尝尝。尽管知道它没熟，尽管知道它酸涩，就是看不住肚子里的馋虫，一直尝到杏子熟透。杏核也有用途，不仅可以砸着玩，还可攒起来卖钱，贴补书本费。

云山的麦黄杏熟得早，个大肉多色黄，还有荷包杏、杏梅，更是肥厚多汁，酸甜适度。如今的乡亲们或提篮小卖，或往市场批发，或在网上营销，成为平常日子里一笔不小的收入，杏树成了乡亲们的摇钱树。

云山很小，小到要不了多少步就走出了它的地界；云山很大，大到无论天涯海角，一辈子也走不出它的十里杏花。

柿　子

寒露过后，站在山间、坡上、溪头、村旁、屋后的牛心柿子，就一树一树地由青泛黄、黄里透红了。红透了的柿子，皮薄身软，香艳明亮，挤挤挨挨地挂在树枝上，像一盏盏小灯笼，把乡村照得喜气洋洋。

那暖暖的橙红，一点一点地在天空洇开来，天空就越来越蔚蓝，白云就越来越高远；在人们的心底洇开来，人们目光就越来越生动，心里就越来越亮堂。

父老乡亲擦干净手上收稻收高粱收花生收山芋沾上的泥浆，带着“事事如意”的祈愿，像柿树间穿梭的红嘴雀一样，忙碌且欢喜。

家乡云山素有“花果之乡”之称。地头园边，房前屋后，到处是樱桃、苹果、梨、杏的果树。春天各种花次第开放，红红粉粉白白，云霞一般掩映着白墙红瓦的村庄。

柿花开得最晚，春末夏初，小小的黄花从蓊蓊郁郁的绿叶间冒出来，细细碎碎的并不起眼，只有敬业的蜜蜂在花间嗡嗡地转。从春来第一鲜的樱桃到麦黄杏到五月鲜的桃再到八月的梨，四季流动里变幻着不同的色彩，争相亮出自己的果实。只有柿树慢吞吞，不急不躁。

霜降过后，叶子日渐稀疏，拳头大的柿子藏不住了，三五成群，把树枝压得很低。一个个呈现出诱人的红晕，闪耀灼灼的光。常有一两只红嘴雀上树啄食，尖尖的嘴巴一插，艳艳的浆汁飞溅出来，引起一阵叽叽喳喳的叫声，透出一股喜气。天地间，一片温暖安静的红。

云山在云台山造山运动中的隆起与褶皱，馈赠了柿子绝佳的生存环境与土壤，这里的柿子，与别处有些不同。不说五花八门的柿子品种，单说牛心柿子，形如牛心，个大皮薄，色艳汁多，脆爽清甜，远近闻名。也是食物匮乏年代的我们，对秋天五谷丰收之外的一份期盼与希望。

这其中，又以老家风门口的柿子最为正宗。那里山高林密，灌木丛生，既是哥哥姐姐砍草打柴的好去处，也是采野花摘野果的好地方。深秋时节，一丛丛一簇簇的野菊花，白的白，黄的黄，被阳光过滤得异常干净，散发着淡淡的香味。一嘟噜一嘟噜红艳艳的山里红完全熟透了，在茂密的灌木丛中兀自生长。甜兮兮酸溜溜的味道没吃就开始流口水。那些苍劲的柿子树，枝干遒劲盘曲，透出拙朴、沧桑之美。在深山野岭中年复一年地生长、开花、结果。一树树拳头大小的柿子，挂满枝头，摇摇欲坠，闪烁着橘红的光芒。长到自然熟的柿子，鲜甜鲜甜，软绵绵的，入口即化，是最好吃的。山雀比小伙伴机灵，抢先把红透了的柿子啄空。小伙伴爬树上摘剩下的，人声鸟语，打破了山野的寂静。

还有老家涧沟边小园里的两棵柿子也好吃。从柿树开花开始，我们的目光就追随着它落花坐果。上学放学路过，都要翘首仰望密密的树冠中的柿子，由青泛黄泛红。秋风拨弄着树叶的琴弦，逐渐稀落，直至凋落殆尽。柿子却愈发饱满丰盈，在阳光的照耀下，灿若火苗，红如灯笼。我们争先恐后上树，有的柿子稀软，皮薄得能看见里面的纤维，又没被鸟啄空的，就顺手掰开用嘴一吸，流溢的糊状汁水，糖分凝结，缓慢品味如同果冻，冰凉的甜汁拥抱着味蕾，甜丝丝、滑溜溜、凉飕飕，直冲喉咙，甜到心里。

没熟透的柿子，我们也摘，摘不到的，就用竹竿钩。把长竹竿的一头绑个铁丝钩，伸出去钩住柿蒂，绞两下，柿子就离枝了。不一会儿，就能装满一篮子。

摘下来的柿子洗净开始漤。小孩子会就地取材，放在麦囤里捂，或是埋在涧沟的沙底或淤泥里，过个三五天，扒出来，洗干净，啃了皮，就能吃。一边吃，一边唱："柿子红，柿子黄，柿子甜似糖，红柿子，树上长，摘下柿子大家尝。"

大人们漤柿子有很多种方法。图省事的，把柿子屁股往高度酒里一蘸，放在化纤袋子里，扎紧袋口，三天过后就能吃。不过，这种柿子没有水漤的好吃，虽然水漤有些麻烦。洗干净的柿子，倒入水缸中，再把三十七度左右的温水倒入缸中，淹没柿果，密封缸口，隔绝空气流通。或是在缸边生个火炉保温一天一夜，或是用谷糠，麦草将缸裹起来，或是隔段时间掺点热水，只要把握好时间和水温，漤出来的柿子又甜又脆。拿到菜场去卖，按大小，十块钱两斤三斤，非常抢手。一般人家，一季都能卖个万儿八千。

如今发展乡村旅游，坐在家里，也有人上门买。年轻人还拓展老一辈“提篮小卖”的销售渠道，做抖音，做小红书，在网上卖，牛心柿子供不应求。不光是柿子，还有山栗子、冬青桃、云雾茶、葛藤粉，还有民宿，还有生态文化园，旅游收入越来越高，乡亲们的日子像一树一树的柿子一样，红红火火。

吃不完的柿子还可以晒柿饼。家家门前暖红橙黄，晒柿饼，也晒美好生活。挑出个头匀称、没有斑点的，去蒂削皮，放在竹席上晾晒。寒霜带走它的涩味，阳光抽干它的水分，它慢慢变软，按压成扁圆的形状，隔一天捏压一次，直到它的表皮渐渐凝结出白白的霜花，就晒成了。用篾条串起来，挂在屋檐下，逢年过节，家里来客，都是像样的美食。柿子不仅好吃，还有平喘止咳的药效。但母亲说，它性寒，不能多吃。

柿树，宛如质朴憨实的父老乡亲，深深扎根山野，尽力开花结果，丰盈着乡村的美丽。

梨

记不得树是父亲什么时候栽下的，只记得树不是很高，但很粗，枝干很多。这枝一斜，那枝一歪，有的长着长着突然停顿一下，打个结，然后再调整方向向上长。一枝枝都像要挣脱什么，拼命向外向上拓展空间，离主干越来越远。主干就像一位母亲，尽量归拢着心野的孩子。

“莺啭柳如丝”的三月，“梨花雪压枝”，朵朵粉雕玉琢的嫩苞初绽，似白雪搓球，晶莹剔透，一簇一簇缀满枝头。洁白的花瓣托着浅黄的花蕊，还有雀舌般的嫩叶扶衬，在轻柔的春风里低吟浅唱。“雪作肌肤玉作容，不将妖艳嫁东风。”那粉淡香轻、含羞带怯的姿态，似处子般清纯、恬静。如是雨后梨花，更是千娇百媚，惹人爱怜。待三五天花期一过，梨花如片片雪花飞舞，飘落尘埃。这时，被春风吹绿的阳光，自洁净的袖口伸出双手，为即将的挂果授粉。千朵万朵明媚了春天的梨花，开始滋生曼妙入骨的香甜。

我们总是等不及，从它长出青涩的小果子开始，天天仰着头期待它长大。长到桂圆大的时候，我们就不安分了，虎视眈眈。瞄个家里没人的机会，费力地搬来高板凳，够一个下来尝尝。尽管知道它没熟，尽管知道它涩嘴，隔段时间便逮个机会尝尝鲜。等到它们由青变黄、长到拳头大时，酥脆甜香，所剩无几，那“几”往往是高处我们够不着的那些了。母亲会让姐姐爬上树拿上够槐树花的钩子，把梨子全摘到篮子里。就算梨子再大，我们姊妹也不可以分着吃。母亲说，什么时候也不许分梨。直到现在，我们吃梨也是一人一个。母亲会拣些个头大的差我们给亲戚邻居送些过去，让我们从小感受着分享的快乐。

有月亮的晚上，父亲会搬出那把油光锃亮的竹躺椅，放在梨树下，躺在上面悠闲地喝茶。忙了一天的母亲，也会坐下来歇歇，摇着芭蕉扇为围坐在她身边的我们姊妹和邻家孩子驱赶蚊虫。嫦娥奔月、牛郎织女、花木兰、女驸马等伴着芭蕉扇的节奏，袅袅飘出。突然有只吃树叶的“吊死鬼”不知受了什么惊吓，脱离树枝，吐丝把自己悬在空中，随风荡到谁的脸上，谁就会“嗷”的一声被吓一跳。这种小虫呈灰褐色，前翅有褐色波纹。形似小枝或叶柄，以叶为食，身体细长有短毛，触角丝状或羽状，行动时一屈一伸像个拱桥。休息时，身体能斜向伸直如枝状，受惊时即吐丝下垂。捏在手里肉不唧唧，虽不咬人，却很是瘆人。母亲说，从前有个新媳妇，婆家不宽裕，婆婆又特别抠门，新媳妇老是吃不饱。有一天，媳妇趁家里没人，偷偷煮了个鸡蛋吃，结果被婆婆发现了，羞愤交加的小媳妇一根绳子把自己吊死在了门前的梨树上，变成了这“吊死鬼”。直到现在，这“吊死鬼”的腹部还有一块浅黄的斑点，说是还没消化的鸡蛋黄。

回望梨树，它的美不只在花开时节。即将开放的梨树，在料峭春寒中一次接一次地战栗、悸动，无数疼痛和快乐的火苗袅然上升，有了春的生机和韧性，是生命的孕育；花开正盛时，花团锦簇，流光溢彩，极尽绚烂，尽情张扬着美，如生命的释放；花残时如雪飞舞，但洁白的花朵褪去那点点翠绿便是生命的希望；待到枝繁叶茂，硕果累累，高处不及采摘的果实落下来归于大地，便完成了它的自然节奏。这一过程，暗合了人类生命的过程。

繁花似锦也罢，落英缤纷也罢，置身其中的人，学会欣赏，学会分享，都是一段美好的回忆。

樱　桃

在连云港云台山麓，樱桃是常见的。初春时节，漫山遍野还一片萧索之时，崖上坡地、房前屋后的樱桃树就在料峭春寒中催生出枝枝杈杈间点点嫩绿的花苞，绽开满树白中泛着粉的小花。一朵一朵粉白的小花在风中摇动着芳香，唤醒了还在沉睡的粉红的桃花，青白的梨花，那些野花野草的芽儿叶儿也开始这里一簇鹅黄，那里一簇嫩绿，影影绰绰地铺展，把家乡的山水田园涂抹得水彩画一样。

麦梢刚刚泛黄，樱桃的脸就起了红晕，“樱桃小满昼夜红”。樱桃的生长期不长，三月底开花，四月初谢花坐果。绿豆大的青果攒足了劲向成熟奔跑。一眨眼工夫，个头大了，颜色深了，向阳的一面红了。那点红，墨汁滴上宣纸一样迅速洇散，每一丝血管一样的果肉纤维里，每一滴鲜乳一样由涩转甜的汁液里，红色的浪潮涌动，直到占领整个疆域。

“嚼破红香堪换骨，摘残丹颗欲烧枝。”红透了的樱桃，一嘟噜一嘟噜在绿叶间羞羞答答，“犹抱琵琶半遮面”。一个个珠圆玉润，晶莹剔透，娇俏玲珑。如珊瑚，似红豆，像玛瑙，酝酿着行将喷薄而出的青春和活力。那吹弹可破的娇嫩会让你想起“点点珠樱西施口，朵朵花蕊笑嫦娥”“樱桃樊素口，杨柳小蛮腰”里美人红润性感的嘴唇，“倒流映碧丛，点露擎朱实”“朱颜含远日，翠色影长津”里绿裙红妆相映成趣的身影，“流莺偷啄心应醉，行客潜窥眼亦痴”里的赏心悦目和“樱桃落尽春归去”“流光容易把人抛，红了樱桃，绿了芭蕉”里的年华易逝，人生易老，物是人非的感伤。

鸟雀们没有那么多复杂的心思，啾啾啾啾地，最是开心。它们眼尖嘴快，总是能准确无误地找到最红最甜的果子下嘴。还不忘呼朋唤友，在枝叶间穿梭，这棵树的果子啄几下，又跳到那棵树的果子上啄几下，忙个不停。孩子们也坐不住了，一个个跑到树下逡巡。偷眼看看前后左右没人，便往樱桃树下猫过去。假装近视眼一样，靠近再靠近被果子压弯了的枝条，也不抬手，嘴巴一张，叼一颗两颗三颗进嘴里，甜得眉开眼笑。以为神不知鬼不觉，放心大胆啐出核的时候，冷不丁听得一声断喝：“死小鬏子，想吃就吃，你吃书本费呢！”吓得兔子一样蹿出好远。

云台山区樱桃久负盛名，尤以东磊樱桃谷为最。这块天然形成的宝地，樱桃树享受南云台山阳坡充足的光照，肥沃的松壤土，不催熟、不打药，喝着山泉水自然生长的樱桃，成熟早，个头大、色泽艳、果肉嫩，果实饱满，硒含量高。相传，东磊樱桃最早为仙真所植。早在延福观建设之前，道教仙真张三丰和紫丹道长在围屏山石洞中修炼，修炼之余，他们在附近山坡涧沟种下许多白玉兰、银杏、金镶玉竹和樱桃树。不几年，樱桃成林，形成了樱桃沟、樱桃谷。在明代顾乾的《云台三十六景》中，“东磊朱樱”已是著名一景。书中对此描述虽寥寥数语，但简明凝练，意境生动活泼，描写静景，却能给人以动态的感官体验，流淌着诗情画意：四月间火珠万点，错落山林。游人竟观，就树饱啖。行走在樱桃林中，就着樱桃树吃樱桃的视觉和味觉盛宴，是既朴实又奢华的享受，只有身临其境才能体会那种愉悦。樱桃垂挂在碧绿的树叶丛中，星星点点，散发着朱红色的光彩，你想把它作为艺术品那样欣赏，有点不忍心下嘴；可是一旦动了嘴，就停不下。一颗入口，满嘴爆汁，从舌尖甜进心底。

樱桃不仅能满足人挑剔的味蕾，还能让我们变美。樱桃的含铁量是所有水果中最多的。维生素、胡萝卜素也是其他水果不能比的，尤其是对贫血和注重养颜的女性、长身体的儿童和需要营养的老人，更是好处多多。无论外观、口感、营养价值，在国内都堪称顶级。清末诗人张学瀚的一首《朱樱》把樱桃成熟季节，坡地涧边绿叶婆娑、朱樱闪烁、似紫雾红霞缭绕山坡的美景，和儿童兴高采烈携筐采摘的快乐，描写得生动活泼：“殷红颗颗共霞飞，东磊樱桃熟更肥。崖下儿童拍手笑，提筐采得大珠归。”树丛间，孩子们携筐采果，坡前沟底，笑语盈盈，童声朗朗；山畔溪岸，谜语互答，婉转清脆。这时候，如果有人正好路过樱桃树下，无论大人还是孩子，都会乐滋滋地扯下一根长满一嘟噜一嘟噜红樱桃的枝条吃个够，一边还喊着："来，这枝上的樱桃更红！"让客人也跟着手忙脚乱，这尝尝，那瞧瞧，扯着那缀满果实的樱桃枝，摘一个往嘴里填一个，吞一个再往嘴里扔一个，幸福地眯起眼睛，慢慢地品味那一刻上天赐予的享受。一直吃得打出冒泡的饱嗝，或是直接醉倒樱桃树下。

樱桃好吃，可采摘受节令限制，一个月左右，便销声匿迹。聪明的云台人靠樱桃带动赏花摘果旅游，继而带动了樱桃酒加工、包装、运输、住宿，继而打造樱桃酒非物质文化遗产展示馆，继而一套套以西游为主题的樱桃酒，作为旅游纪念品对外销售，一个以樱桃为核心的集文化、旅游、购物、餐饮于一体的旅游产业链不断拉长。春季游摇身变为四季游，上万亩樱桃，带动了云台地区几千户樱桃种植户致富，美丽乡村一步一景。

家乡的樱桃树，于春末夏初率先交出艳丽鲜甜的果实。饲喂乡村。然后，安静地反刍风霜雨雪的生活，然后，继续孕育和延续岁月的希望与深情，一如家乡的父老乡亲。

石 榴

石榴，据说是张骞出使西域带回来的，也叫番石榴。但在我的家乡，随便一处院落，都能见到石榴身影，倒像是桃树梨树一样的本土树种。旁枝斜出，意态生动。黄里透红的石榴，配上人家的白墙黛瓦，便有了“榴枝婀娜榴实繁”“短墙半露石榴红”的意趣。

石榴耐旱耐涝耐虫灾，插枝即活，随便在树旁压一根枝，过几个月就可以移走。老家小院的东北角有一棵，便是从邻居家移栽的。个儿不高，树冠却大，十来年间长成了一蓬巨型绿伞。

我们家这棵石榴树果实个头特别大，红色的籽粒丰腴饱满，口味甜中夹带着一丝丝酸。五月，花红如火，椭圆的花瓣，环蕊而聚，在束了腰的瓶状幼体中，上部向外张开，生出层叠的褶子，在碧绿的椭圆小叶中随风起舞，很有些石榴裙的韵致。它的花期也长，能开一两个月。那花柄底部慢慢膨出一个小苞，渐长渐大，由绿变黄变红。到了八九月，石榴圆得像苹果，外皮油光光的，像涂了一层蜡。顶端咧开小嘴，小喇叭一样，吹奏着丰收的乐曲。憋不住的喜气挣开外皮，挣开紧闭的嘴，像一个个开心的孩童在哈哈大笑，露出满口晶莹的牙齿，玲珑剔透。和每一个路过树下的人一样，笑容发自内心，染得乡村小院红彤彤，喜洋洋。

“榴膜轻明榴子鲜”，凑上去闻一闻，香甜的气味勾引得你迫不及待地剥开它。中间那层淡黄色的薄膜，像是把一个大家分隔成几个小家的帘幕。顺势掀开，一粒粒玛瑙滚出来，盛满手心，一口揞尽，顿时，甜津津、酸溜溜的汁水四溢，脆生生的，沁凉。那核也不吐，嚼一嚼，咽了。母亲说，克食，助消化。

乡间民风淳朴，村里人家院里院外，都会栽一些果树。家家都不兴锁门，只要人在家，门都敞着。出门就象征性关一下，把门扣扣上，防止小鸡小狗溜进去。对我们这些溜进去偷桃摘梨的小孩子是防不住的，或者说，是不设防的。大家都不觉得小孩们溜进院子摘几个果子算是什么事。

从春末初夏的樱桃吃起，到麦黄杏子，到五月鲜的桃子，到苹果，到梨，像一家有事百家帮忙一样，一家水果也百家分享。到了八月十五，母亲分派我们摘石榴，给张家送几个，给李家送几个，左邻右舍都能吃到我们家的石榴。我们也带回一些苹果、花生。

母亲搬出小方桌，摆上团圆饼、瓜果，再放四个石榴，父亲带着我们对着一轮明月，磕头跪拜月娘娘，保佑五谷丰登，人畜安康。母亲说，我们闭上眼许个心愿，月娘娘能帮我们实现。

晚上，忙完家务，母亲坐在院子里，教我们兄妹认北斗，认牛郎星、织女星。给我们讲七仙女下凡，嫦娥奔月，那些故事，像是明亮的星光，不时闪烁在我们心上。

秋风飒飒，满树的叶子在微风中哗哗作响，天地间充满着石榴的甜香。站在小院的石榴树下，沉浸在往事中，发一会儿呆。一抬眼，与一个龇牙咧嘴的石榴一起，欢乐开怀。

山　楂

是谁在品尝藏于绿叶间的酸之后，随意吐出的核，是哪只鸟儿啄食挂于枝头的甜之后，墙头歇息，刻意种下，以备歇脚，来源难以深究了。泄露的风声，摇响繁茂的枝叶，又突然隐去，带走了谜底。总之，一棵山楂，在我家园边墙角生根发芽，一站数年，年年开花结果，蓬勃一树的生机。

冬末春初，红褐色的枝条间鼓起丁丁点点的苞。春风稍加撩拨，苞便把持不住，雏鸟一般，破壳而出，吐露嫩嫩的小芽。一场两场春雨后，一颗颗小嫩芽慢慢舒展，油亮亮的，仿佛有血液在筋脉里涌动，奔赴新生。

当新叶蝴蝶般在枝头翩跹，那白里透些粉的小花，也细细碎碎地铺展，一簇簇地点缀在油亮的绿叶间，灿烂着春天。

原本貌不惊人的一棵树，忽然开满了粉白的花朵，一下子就把黯淡的院子变得明丽了许多，由不得人多看几眼。就连路过的人，也不由自主伸头看看。还有成群结队的蜜蜂整天围着它转，还有蝴蝶，也飞舞在淡雅的花间。几只鸟，也时常在它的枝丫间叽叽喳喳，不知是不是在说，当年它们种下的种子，如今长成了树，开出了花。

不知不觉中，花谢了，一粒粒小果悄悄萌生，三个一伙五个一堆攒在一起，在树枝上顽皮地荡秋千。

等到秋风扫尽了枝头的叶子，密密匝匝挂满枝丫的山楂，便藏不住了，在蓝天白云下，发着紫红的光，像一个个小灯笼一样。路过的人，只看一眼，嘴里便不自觉地冒口水。明知道酸，还是要伸手摘下一个，轻轻地咬一小口，酸便会一下子在嘴里洇开来，酸得眯起眼睛，皱着鼻子，嘟起嘴巴，头皮发麻。

只有金家的新媳妇不怕酸，一个接一个地往嘴里塞。山楂酸出了她身体里躲躲闪闪的秘密，滋润着她羞涩的幸福。

山楂最早因为猴子和老鼠喜欢吃，也叫猴枣、鼠查。食用历史可以追溯到《尔雅》。两千多年前，我们的祖先已经食用野生山楂了。作为药用，最早出现在东晋，《本草经集注》叫它鼠查。到了唐代已广为药用，属于消食药物。能消食行气，化瘀化浊降脂，对热食积滞、胃脘胀痛、泻力腹痛、瘀血经闭、产后的淤阻通经、心腹疼痛都有作用。《本草纲目》里说，“凡脾弱，食物不克化，胸腹酸刺胀闷者，于每食后嚼二三枚，绝佳。”

如今，人们生活水平提高了，愈发注重食品的保健特性。

山楂下树后，我们村里人喜欢直接用山楂切片晾干泡水喝，消食化软，增强食欲，活血化瘀，强身健体。村外的山楂类食品也是花样繁多，山楂饼、山楂糕、山楂片、山楂条、山楂卷、山楂酱、山楂汁、果丹皮、山楂罐头、山楂酒，众多的零食产品中，最常见也最受欢迎的恐怕要数酸甜可口、风味独特的糖葫芦了。吃起来首先化在嘴里的是糖汁，再吃到里面裹着的山楂时，山楂的酸和糖的甜融合在一起，甜不掩酸的本味，更加彰显酸丰盈的味觉层次。那酸，是甜的催化、点睛、晕染、陶醉，酸酸甜甜，让人吃了还想再吃。

那一树的白花，满枝的红果，一串酸酸甜甜的糖葫芦，依然在心头摇曳。

李　子

老家，坐落在云雾缭绕的云台山脚下，“榆柳荫后檐，桃李罗堂前”，鳞次栉比的石墙小院掩映在各种树木中。春风送暖的季节，白的李花和红的桃花、粉的杏花一起争相开放，一条清澈见底的山涧从村中流过，涧沟石头上落满细碎的花瓣。

到了初夏，沟边坡上，灌木丛生，烂漫的小野花招来嘤嘤嗡嗡的蜜蜂、翩翩起舞的蝴蝶，赶会一样热闹。我和小伙伴们在坡上摘小满子，逮蜻蜓，捉蝴蝶，砸纸牌，挑小棒，翻单被，摭蛋子，玩得不亦乐乎，直到被大人喊回家吃饭。

坡下有父亲带人淘的一口沙井，捧一口喝，沁凉，沁甜。坡中间，还有爷爷带人挖的备战备荒防空洞，洞里黑乎乎的，胆大的大头都不敢进去捉迷藏。

坡上有一棵李子树，黑黢黢的树干比海碗还粗，长到快两米高，分出许多枝杈，这个向东那个向西，顾盼多姿。有的还拐弯生长，拐出巨大的花冠，倒是比那些笔直戳向天空的大树树荫大了许多。我们常在树荫下玩耍，一边玩，一边不时仰头往树上看。春天看李子开一树繁花，像是擎着一个巨大的花环，也像一片云霞飘浮在坡的上空。不时有花瓣随微风飘落在我们身上。那花瓣，纯净纯粹，摸上去丝绸一样光滑、柔软，闻起来有清新的甜香。

等到一树芬芳逐渐淡去，黄豆大的小果就冒了出来，看一次，我们就在心里盘算一次还有多少日子能长熟。

看着它不紧不慢地长到玻璃球大，麦黄杏已经熟了，又大又黄，它还是青涩小果，碧玉一样闪着亮光；五月鲜的桃子熟了，笑歪了嘴，它还半青半红地变着脸；终于长到乒乓球大，它变红了，变紫了，变黑了，表皮带着一层毛茸茸的白霜。咬一口，汁多肉细味甜。李子熟透了，也被我们“尝”得差不多了。由涩到酸到甜，我们一边吃它们一边长，吃的不光是李子，还有童年的乐趣。高枝上够不着的，正好留给飞来飞去的鸟。

玩耍中，常有熟透的李子出其不意地砸下来，或砸在我们身上，或砸在草上石上，砸出点点红渍，引得蚂蚁成群结队地爬过去。空气中弥漫着花的香、草的香、李子的香，还缭绕着涧沟的水汽。

玩累了，我们还会半跪在水沟边，用手扒开松散的泥土，挖出甜津津的茅根。茅根在土里盘根错节，找到一棵，就会牵扯出一大片。白生生的茅根，在衣襟上蹭蹭，放嘴里嚼嚼，解渴也解馋。挖得多了，就用茅草绑一下，带回家慢慢享用。

“桃饱杏伤人，李子树下抬死人。”民谚常常是多少代人在实际生活中总结出来的经验。桃、杏、李都营养丰富，又各有特点。耳濡目染，李子再好吃，我们也不会多吃。父母很早就告诉我们，吃东西要节制，不管什么好吃的，吃过头了，都没好处。桃子有饱腹感，润肠通便；杏子生津止渴，增进食欲；李子酸甜清脆，“令人面泽”，促进消化，利尿消肿。可吃多了，桃子也饱人，杏子李子也伤人，反酸，容易生痰，刺激肠胃，损伤牙齿，被杏子李子酸倒了的牙，连块豆腐都咬不动。

如今，超市里的李子品种非常多，颗颗皮薄肉厚汁多。水灵灵的，可总是吃不出儿时李子的滋味。

白 果

家乡云台山白果树很多，现存八百年以上的古树就有二十多棵，千年以上的有十来棵。我们家东面埝头的一棵白果树是其中之一。

这棵白果树是有记载的离海岸线最近的一棵，屹立海边千余年。它体态高大，身形优美，虬曲盘龙，冠如华盖。粗壮的根部，占地十几平方米。自根部向上，约一米五的地方，生出五株枝干。其中最大的两株胸围约三米，另两株胸围两米有余，最小的一株胸围也近一米。树高二十多米，冠幅东西约二十米，南北二十米，如一把巨大的伞，庇护着村庄。远看是一棵，近看是一丛，再细看竟是一片林。

白果树，学名银杏，是古代孑遗植物，有活化石之称。因爷爷辈栽树，要到孙子辈才能吃到白果，也叫公孙树。这棵千年白果树的果实不知滋养了多少代公和孙。

春天里，白果树黑褐的枝丫上，冒出一簇簇新叶，如蓓蕾初绽，嫩嫩的，绿绿的，新生儿一般，惹人爱怜；夏日里绿叶郁郁葱葱，像一把一把袖珍的小扇子在风中招展，又像一团蓊蓊郁郁的云，笼罩出一片阴凉；秋日里，一树浩荡炽烈的金色，像太阳初升天际的金色霞光，把村庄照得亮堂起来。从绿色到金色，对一枚白果树叶来说，是千里迢迢的路途，对村庄来说，不过一夜之间，仅隔着一场梦境。叶子越来越黄，天越来越蓝，叶子越来越黄，天越来越蓝，天空高远，从这片黄与蓝之下走过的人，突然感到自己一尘不染。忽然一夜北风，经霜的叶片渐渐枯黄，簌簌飘落，白果树删繁就简，露出遒劲的枝干。地面铺上的一层“金毯”里，落满椭圆的淡黄的白果。收成好的时候，能收上千斤白果。

白果的外面包裹着一层柔软的黄色的皮，像杏子，只是没有杏子大。这层皮要用脚搓或手剥掉，再用水冲洗干净，然后放在太阳底下晒干，最后才是我们看见的米白色的白果。白果可炒着吃，可煮粥，可泡酒，也可将果仁捣烂，开水冲服，对哮喘、咳嗽咳痰，妇女带下，男性遗精，尿频、尿急、尿结石都有作用。白果和叶片，对心血管系统有扩张保护作用，还能降血脂、降血糖，治疗心血管疾病。

村里的老人们说，这棵白果树遭遇过斧钺之灾。很久很久以前，由于海盐运输的需要，盐商招来许多木匠伐木造船。大家各管一段，各有分工。外号张二麻和李疤眼两个木匠负责埝头的一棵大白果树。领了任务，两人带上工具，兴冲冲地来到树下，开始动手。刚把树锯开一个小口子，树就流出红色的血来，紧接着又神奇地愈合。两个人大吃一惊，心里害怕，不敢再锯。可不锯又不能按期完工，官府追究起来也吃罪不起。两个人一筹莫展，坐在树下发呆。忽然听到白果树里有说话的声音飘出来："现在这里急需大木材造船，赶快通知小椿不要来，来了白哥就在劫难逃了。"木匠一听，眼前一亮，看来白果树犯香椿树。于是，砍了块香椿树当楔子，锯多少，楔进多少，终于把白果树锯倒了。不到一年时间，张二麻和李疤眼不知身患何症，莫名相继死亡。第二年，锯茬口长出了一支主干，四周生出两支高两支矮的枝干来。紧紧环抱着原来被砍的树干，像孩子团团围着母亲。乡亲们称它是"怀中抱子"。

由于年代久远，白果树在人们的心目中已经被神化。在白果树树根正南侧，摆着一座香炉，里面积满了香灰。周围的百姓经常来此烧香，祈求千年古银杏保佑他们平安幸福。香炉南边立有一块石碑，上面刻有《题白果树》："寺旁果树不知年，种植之人想似仙。钟秒凌云吞白日，双根抱子映蓝天。纸图花萼成精实，那问沧桑有变迁。可恨森林不共处，一身惯立大山边。"白果树北原有一座庙宇，早已废弃，现在已经盖上了民居。

千年古白果树、沿山势错落的民居、质朴的村民、淳朴的民风，东张西望觅食的老母鸡，看着陌生人先"汪汪"地示威，继而摇尾乞爱的大黄狗，柿树、山楂树、樱桃树，紫藤、月季、狗尾巴，组成一幅美妙温馨的图画，古朴、灵秀、安静、从容。村庄里的许多人、许多事，穿过树叶，沿着树干，沉淀到庞大的根系里，一起守着时光，守着白果树千年不老的秘密。

木 瓜

自古以来，东方人情感表达就含蓄、委婉而带隐喻。喜欢一个人，不会表白说我爱你，而是顾左右言他，“山有木兮木有枝”“愿我如星君如月”“春风十里不如你”，或是送木瓜、芍药、花椒，甚至茅草，借助礼物表达说不出口的情感。这些礼物构成了诗的意象，也构成了爱情的永恒记忆。

耳熟能详的莫过于《诗经》里的“投我以木瓜，报之以琼琚。匪报也，永以为好也”了。

你赠我木瓜，我回赠你美玉。这不是简单的物质交换和回报，是我们的心里要永远记住这份情义。爱情也好，友情也罢，重要的是心心相印，精神契合。至于回赠的礼物，比受赠的价值高得多，已不在考虑的范畴。事实上，此时对木瓜、琼琚之类物品的厚薄轻重没有衡量之心，只是表达自己对他人情意的理解和珍视，心境开阔高朗。

土生土长的木瓜，属于蔷薇科木瓜属，小乔木形态，茎秆粗壮，叶子长卵形。从开花结果到果实成熟，春看花，夏观果，秋闻香，一年四季，赏心悦目。三四月，枝丫上开出粉红的花朵，发出芬芳的气味。到了九月，便结出长椭圆形的果子。颜色金黄，形状像梨，比梨大些。闻起来有一股浓浓的药香味。尝起来有点酸，不宜直接食用。但它的用途却不少。宋代朱敦儒曾说："枕畔木瓜香，晓来清兴长。"用它芳香的气味熏屋子。现在人们也会把它放在室内、车内或冰箱除异味。放一个木瓜在枕头旁，满屋都弥漫着木瓜那浓浓的药香味。黄灿灿的色泽，芳香持久，半年内都不会腐烂变质。也有的在冬季当"护手霜"，经常用手心搓抹果子上黏糊糊的糖分，再用手心搓擦手背，能让手光滑不开裂，还有香味。

作为药，资料里说，木瓜性温、味酸涩，归肝、脾经，有舒筋活络、平肝和胃、祛风化湿的药用功效，主治湿痹拘挛、腰膝关节酸重疼痛、吐泻转筋、脚气水肿。

作为文学意向，木瓜是一种象征爱情的信物，作为礼物赠送给自己喜欢的人。"投我以木瓜，报之以琼琚"，接受礼物的另一方礼尚往来，回赠美玉，目的就是"永以为好也"，凸显爱情的纯真和美好。木瓜也是朋友之间相互馈赠的礼物，"感子佳意能无酬，反将木瓜报珍投""金奏不知江海眩，木瓜屡费琼瑶重"，表达朋友之间珍贵的友谊。除了象征爱情和友情，还有一种文学意象，就是象征忠君爱国、回报国家。

“欲买双琼瑶，惭无一木瓜”“木瓜诚有报，玉楮论无实”，表达自己想报效国家、为社稷出力的志向。今人的解读总有些自以为是，不过，简单的文本语义，倒使得我们对主题的探寻和理解更加宽泛和自由。

市面上作为水果食用的木瓜，实际是番木瓜，没成熟时，可以作为蔬菜；成熟以后可以当作水果，据说还能催乳。果皮光滑美观，果肉厚实细致，香气浓郁，甜美可口。

千百年时代变迁，相互赠送的礼物千变万化，没有永远受欢迎的礼物，永远受欢迎的是一颗真诚的心。真心送出的一个水果和一辆豪车等值，一样能制造诗意和浪漫。

不朽的诗可以为万物保鲜。从人类文化血脉《诗经》里走出来的木瓜，定格成了一幅时间里不老的图画。

梧 桐

大概所有的花草树木都在遵循天地四时节令，编排着各自生命密码，每一朵花都有不同的特质，每一棵树都有不一样的灵魂。就如那梧桐，不知暮春时节的哪一夜，轰的一声就打开了村庄，如同许多隐蔽被贸然打开一样，让人有些猝不及防。

成串的花，细长的蕊，花瓣向外张开，风铃一样挂在树上，风一拨弄，仿佛有纯净似水的铃音响起。那浅浅的紫，粉粉的紫，轻盈、优雅，又藏着一丝丝忧郁，笼罩在村庄上空，那粉紫里仿佛还有凤凰的气息，那气息遮蔽了村庄的凋敝破败与残损，蓦然就有了高古的气质。那些诗句也就有了着落：“凤凰鸣矣，于彼高冈。梧桐生矣，于彼朝阳。”“凤翱翔于千仞兮，非梧不栖；士伏处于一方兮，非主不依。”“良禽择木而栖，凤非梧桐不落。”“桐花万里丹山路，雏凤清于老凤声。”……

长在我家院子外的几棵梧桐，并没有因为诗句而高贵起来。花还没有落，疏而粗的枝丫间就冒出嫩黄的小叶子，一簇一簇新崭崭的，带着初生的稚拙。不几天，由嫩黄而嫩绿而墨绿，掌状心形的叶片长成团扇大，密密匝匝地挂着，一直从低枝上挂到树顶，绿叶成荫。

我们在树荫下找知了窟，挖知了；看蜗牛拖着一路亮晶晶的涎，慢慢往树上爬；盯着上百只蚂蚁整齐有序地搬运一只比它们大数十倍数百倍的蝉；撵着领着小鸡仔东张西望找虫吃的老母鸡，奓起翅膀飞……

我们村里人栽树就是为了实用。桃李杏可以吃，用杨树盖房，用榆树做家具，用楸树做棺材。椿树因为木质太硬易折，不能上房负重，常常因无用被剩下，反倒是成就了它大椿为寿之名。而梧桐，树干秀颀挺拔，生长速度也快，“三年成林，五年成材”，三五年就可以进行加工，打家具或是制作乐器。与那些树木相比，因了“栽下梧桐树，自有凤凰来”的说法，除了实用，还多了层祥瑞之意。

到了姐姐结婚的时候，我们家的梧桐派上了大用场。

每个时代，都有属于自己的时代印记。姐姐结婚的八十年代，年轻人结婚前都需要备齐“四大件”：一块上海牌手表、一辆“飞鸽”牌自行车、一台“蜜蜂”牌缝纫机、一部“红灯牌”电子管收音机。女孩子结婚，有了这“三转一响”的陪嫁，代表着身份和体面。可我们家孩子多，底子薄，家庭收入主要靠母亲挣工分分红，父亲是农村基层干部，既就不上拿正规工资，又就不上做手艺，一年收入还抵不上母亲。父母辛辛苦苦一年，也只能维持温饱。随着哥哥当兵、姐姐上中等院校，总算解决温饱问题，但谈不上存款一说。“三转一响”，懂事的姐姐提都不提。

拿不出钱给姐姐买“三转一响”做陪嫁，又要体面的父亲，砍了泡桐树，请来木工师傅，给姐姐做了大衣橱、梳妆台、写字台一应家具。泡桐材质轻柔，使用轻便，不变形不翘裂，颜色自然，白中泛黄，纹理通直细腻，刨光后有绢丝光泽，还能隔潮，透气性也强，是做轻质家具的好材料。一套漂亮的梧桐家具，赢得左邻右舍多少羡慕的目光。直到今天，姐姐的房子换了又换，姐姐还没舍得丢掉当年梧桐树打的梳妆台。

父亲告诉我们，梧桐不光能打家具，由于导音性能好，还可以用在古筝、二胡、琵琶这些以板材为导音材料的民族乐器上，古琴也用梧桐木制造。梧桐的树皮能造纸和绳索，种子能吃能榨油。叶、花、根和种子都能入药，利湿消肿、清热解毒。

梧桐花开，村庄被桐花的光华照耀，老屋的红瓦，墙角的锄头扁担，井边的辘轳，所有朴素的事物都因了桐花而灵动，被桐花紫色的馨香包容。凤凰从传说中起飞，一串串音符穿越季节之河，回归梦想的家园。

流　苏

初夏是看流苏的好时节。听说孔望山龙洞庵里有一棵近千年的流苏正在花期，忍不住驱车前往。

孔望山不大，因了“孔子之郯之时，因登此山，遂以名之”。龙洞庵也不大，在孔望山东侧半山腰，黄墙灰瓦的院落掩映在层层潮水般涌动的绿里。它的历史像这初夏的绿一样幽深，可以上溯到东汉。当时叫东海庙，北齐时建成龙王庙，唐代改建成龙兴寺，明以后称龙洞庵。二十世纪八十年代，国家拨专款修葺，恢复了明代的建筑风格，以大殿山门为中轴线，两侧辅以偏殿，整个建筑群高低错落，左右对称，色调艳丽，规整平素。加上四周散落的夏启祭天祭海的承露盘，比敦煌壁画还早三百年的摩崖石刻、汉代圆雕石像，东坡先生观海吟诗的乘槎亭这些古迹的加持，寺院平添一份高古的气质。

那一棵流苏，立身大殿东侧，远远望去，高十多米的大树，枝繁叶茂，一树披离的花，如祥云缭绕，禅意幽深。近看每一朵都晶莹洁净，纤细、狭长的花瓣，像是古代仕女服饰的流苏一样轻盈、飘逸。一朵朵、一簇簇、一蓬蓬白色的小花，单看每一朵都弱不禁风，层层叠叠聚在一起，便有了气势。经几百年风霜雨雪的洗礼，轮回了无数次花开花落，时令一到，依然绽放出最美的姿态。

那一树的白，白得浓稠，白得洁净。无风时覆霜盖雪，平和柔顺；有风时如碎雪簌簌而下，不像植株矮小的花卉，直接委地，零落成泥。因了高度，它的花瓣自空中洒下来，纷纷扬扬。但见他起高楼，但见他楼塌了，边开边落，任性潇洒。开，是一种向上攀登，不遗余力的绽放；谢，是一种圆融内敛，体体面面的告别。花开花谢无一时不是开端，无一时不在归途。美丽绽放和坦然谢去都值得赞颂。一开一落，保持着可敬的古典性情和风度。

大殿西侧的一棵古柏，秀颀挺拔，与流苏犹如旧友，相对默然，不远不近地相互呼应着日月晨昏。相互陪伴，相互独立，相互衬托，相互观照。苍老却依然蓬勃的树冠，涵纳着世间千年的悲欣。

流苏小小的花苞含青待放时，外形、大小、颜色与糯米相似，在我们家乡就叫糯米花或糯米茶，是云台山常见树种花卉。距孔望山不远的孔雀沟也有一棵树龄千年的流苏，还有宿城，山中流苏随处可见。流苏花好看，木材也好用，木质细密坚实，做出的算盘珠子珠圆玉润，打起来清脆悠扬。还好吃。以流苏嫩叶为主，花蕾为辅制成的流苏茶，有上千年的历史。阴历三四月，先阳坡，后阴坡，再涧沟上生长的流苏树，千枝万条缀满新绿，叶芽间鼓出如同糯米粒样花苞，这时采摘花和嫩叶，阴干泡茶，能清凉解毒，治疗小儿腹泻，治女人白带过多，还能明目，还能促进肠胃蠕动，缓解便秘。

清朗的天色里，阳光明晃晃地射下来，白色的花冠犹如仙子遗落人间的花篮，淡雅，纯净，唯美。树下的人在对它的仰望和观瞻中，获得精神支点。谦卑与自信，柔弱与强大，得与失，生与死，尽数镌刻在寺院的一棵树上。

裹着流苏淡淡清香的风，起于自然，又隐于自然，从来处来，到去处去，自有其隐秘之路。

楸 树

在宿城左往法起寺右往大竹园的岔路口，山岈里成片的楸树林惹人眼目。

一棵棵秀颀挺拔，笔直排列，花冠直冲云霄，怒放树端。走近一看，绿茵茵的树叶包裹着白色的、粉色的、淡紫色的花儿，花朵形似一个个小喇叭，又似一枚枚倒扣的铃铛。花冠是浅浅的粉紫色，晕染着两抹淡淡的黄色条纹，花瓣内还带着淡紫的斑点，像是少女粉红的脸蛋上点缀着可爱的小雀点儿，娇艳中多了几分调皮。满树繁花，粉黛如霞，在层层叠叠的绿里显得浓墨重彩。成串的鸟语，闲适的白云，在它的枝叶上随意安家，微风拂来，枝摇叶动，花瓣零落，幽幽的香气里混合着泥土、小溪、花草的味道。那条山肚子里流出的小溪，挑着红瘦绿肥的春天，在楸树的眼皮子底下，穿林而过，流淌着不变的从容与淡定。

楸树，“材貌”双全，素有“木王”之称。树干挺拔，木质坚韧细腻，软硬适中，具有不翘裂、不变形、易加工、耐腐、隔潮的优点。它的历史可以说是漫长了，甚至比人类的出现还要早。《诗经》里称楸为“椅”，《左传》记楸为“萩”，《孟子》谓楸树为“贾”，到了西汉，《史记》始称楸。到了宋《埤雅》又名楸为“木王”。楸树也常被文人墨客称颂：“楸，美木也，茎干乔耸凌云，高华可爱。”“庭楸止五株，共生十步间。”自古以来，皇宫庭院、名寺古刹到处可见百年以上的古楸树苍劲挺拔的风姿。

家乡连云港楸树也是由来已久，尤其在宿城山中分布较多。它们身板溜直，木质细致、坚实、耐朽，又有“紫气东来”的寓意，是家乡人制作家具、船只、棺木、乐器，特别是围棋盘的好材料。它不像桐树长得快，可中间大多是空心，不结实；槐树木质坚实，可枝杈多，弓腰驼背，不能当正经材料用；开花结果的梨树、杏树更不值一提。做木材，只有楸树深得家乡人喜爱。连云港市出土的汉墓，基本上都是以楸木为棺，经过一两千年的时光侵蚀，墓主早已尸骨无存，楸木做的棺材却坚固如新。

汉唐时期，云台山自然生长着大量的楸树，那时候，每到立秋这一天，山里人会提着篮子去山外叫卖楸树叶。妇女儿童买了，剪成各种花色图案，佩戴在头上身上，以迎接秋天的到来。这种有趣的民俗一直延续到明代才慢慢消失。不过，立秋那天早上，在太阳未出之前采集楸树叶，熬制楸树膏，治疗各种疮疡的习俗，还在山里人家沿袭。

楸树嫩叶可以吃，花能炒菜，明代鲍山《野菜博录》中记载：采花炸熟，油盐调食。或晒干、炸食、炒食皆可。也可作饲料，宋代苏轼《格致粗谈》记述：桐梓二树，花叶饲猪，立即肥大，且易养。花还能提炼芳香油，树皮、种子也是中草药，有收敛止血，祛湿止痛作用。种子含有枸橼酸和碱盐，是治疗肾脏病、湿性腹膜炎、外肿性脚气病的良药。根、皮煮汤汁，外部涂洗治瘘疮和肿毒。

坐在小溪边青褐色的山石上，感受山林里的自由、舒畅、清净，带着一份达观和逍遥，思想就插上了翅膀，飞得很远。内心安静下来，就会听到世间万物的倾诉。不仅有眼前的楸树和山林，更有千年前的风景。

看楸树上的云朵不停地变幻，随心赋形，送来无边的丰盛和惊喜。枝叶间鸟雀的你呼我应，生长出静谧的氛围。扔一块小石子撩惹溪水，溪水挽着落叶和花瓣，眼神躲闪，看不清它深藏的心事。

山里的人像楸树上的鸟，从家飞到城市去寻梦就不回来了。可城市有梦又没有家，他们常常在家和梦之间两难。楸树不动，一直站着不动，守着家，守着大山，守着小溪，守着白云和蓝天。

葛

葛，生于比较阴湿的地方。山野石缝草丛，峭壁陡坡，杂木林间，随处可见。夏天进山，葛藤花像是一只只紫蝴蝶列队相迎；秋冬进山，葛藤黄叶飘摇，根深埋潜藏，还是躲不过采葛人的眼。先秦时就有了采葛的诗。

“彼采葛兮，一日不见，如三月兮。彼采萧兮，一日不见，如三秋兮。彼采艾兮，一日不见，如三岁兮。”《诗经》中的一首《采葛》，一段三句，段段相似，借采葛说事，反反复复，说的就是一个意思，我想你了。你，也在想我吗?直指天籁，诗意尽出。

和诗人的抒情表意不同，民间更注重它的实用。早在尧、舜、禹时期，人们就已经开始利用葛藤制麻织布。葛根的茎、叶、花、果、根还可入药。《本草纲目》中这样记载：“葛，性甘、辛、平、无毒，主治：消渴、身大热、呕吐、诸弊，起阴气，解诸毒。”作为养生佳品，葛制成的葛藤粉，早就出现在寻常百姓的餐桌。

山里人没有工资可拿，也没有风不打头，雨不打脸的办公室，靠山吃山，山就是他们的衣食饭碗。男人刨根做粉打栗子，女人采茶种菜养蜜蜂，日出而作，日落而息，遵循着自然规律，该干什么干什么，在花香草香、鸟鸣泉声中忙碌又悠闲地打发着时光。

进山采葛，是老一辈山里男人常做的事。他们身材清瘦，面容黝黑，朴实里有一种坚韧，像是一座山，一块石，一棵树，浑身上下散发着山林草木的气息。

采葛的早上，要早早起床。吃了耐饿的油炒干饭，再揣上女人准备好的鸡蛋、饼、水一些干粮，腰上扎着的绳子上别一把镰刀，还有化纤袋。肩上扛一把镐头、一根扁担，在麻麻亮的天光中向山的深处进发。

多见树木少见人的山里人不善表达，有些木讷。可他们却能听懂风在树间的呢喃，也能听懂鸟和小兽的语言。他们尽量放轻脚步，免得打扰小蛇小兔子小花草。遇上那棵千年银杏，拍拍它的树干，算是打了招呼；遇上一丛灵芝，简单地行个注目礼；遇上那棵小野菊，绕了过去。遇上谁他们都开心，他们知道，这些老朋友见到他们也一样开心。

进山的路越来越远，山越来越深，近处已没有了多年生的葛根。只有到人迹罕至的地方才能觅得它们的身影。或一面陡峭的崖壁，或是云雾笼罩的谷底，云在身边聚散，星在肩头起落。

为获得更多的雨露和阳光，葛的藤蔓依附在附近的树干或灌木枝干上生长，这让采葛的人有了“顺藤摸瓜”的机会，找到埋藏地下盘根错节的根。看起来小一些的葛藤，他们不舍得挖，让它们继续长。黄褐色的藤，生命力极强。藤上每片叶子着地后都能生出新根分支，根能再生，茎长数丈。一旦发现大的，就用镰刀拢起藤边的小草杂树，斩断藤的细小根须，小心翼翼地顺着根头生长的趋势一股劲地刨挖，尽量保证它的完整。挖累了，抽根烟，随手刨一个小坑把烟头埋掉。十几根几十根地刨下来，一天能有两口袋大几十斤的收获。

挑回家用清水洗净，拿木榔头砸成糊状，再用水洗，捞出根毛挤干，用纱布口袋往大缸里过滤。滤完用长棍顺时针搅拌，滤除黑渣泥汁倒掉。次日，换水重搅，再几日再搅再滤，直至粉质纯白细腻。经过沉淀、晾干，包装好就可以卖到山外。冲了喝，生津止渴，消热除烦。

云台山，几乎每年都被采葛人跑个遍。葛越来越少，老一辈采葛人也越来越老了。站在他们面前，恍惚觉得他们就是一根老藤，带些野性，带些质朴，带些自在。

如今的人们都知道保护生态，山里人也有了土特产品合作社，有了民宿，有了餐馆，有了植物文化生态园，生活水平越来越高。葛，像山里人一样，安心地立足于大山，立足于世外。

云雾茶

云雾茶，是云台山特产。光是这鲜活灵动的名字就让人浮想联翩。

“云雾山中出好茶”，云台山濒临黄海，气候温暖湿润。时常晓云未散，海雾又起，非常适宜茶叶的生长。

盛产云雾茶的宿城山上有我的一个朋友。她本可以下山居住，可舍不下她的茶园、她的蜜蜂、她的瓜果树木，更舍不下山上能清心洗肺的空气。便过着农妇、山泉、有点田的惬意日子。也因此，年年清明前后，我便能喝上云雾茶。

云雾茶芽叶黄嫩，焙炒时要节制锅温，翻、抓、搓、揉、捻，全靠手上功夫。更重要的是制成后的茶叶大小匀整，条索蜷曲，形似细眉，而锋毫无损。色泽绿润，纯净可爱。

打开茶罐，夹一撮在玻璃杯里，倒半杯水，温度在

80℃～90℃之间，不加杯盖。茶遇到水后，一扫在封闭的茶罐里的窘迫和渺小，仿佛从上个世纪的沉睡中慵懒地醒过来。滋润舒展，翠叶似新。须臾，再加第二遍水。“入座半瓯轻泛绿，开缄数片浅含黄”，茶用优雅的姿态告诉你，它从来都在那里等待，等待再度盛开。兰芽玉蕊，如玉臂张开，如柳腰轻摆。通体温润如凝脂之玉，翠目含情似亭亭少女，轻歌曼舞，次第绽放。浮沉似一叶扁舟，安静如一枚雀舌。千姿百态，婀娜多姿。茶液此时也随着茶叶的运动由黄渐绿，由浅入深，徐徐展色。那清亮青浅的绿色，赏心悦目。

缓缓地闭上眼睛，闻着那清苦的香气。轻轻地啜一口，含在嘴里，茶水在舌面流动与味蕾充分接触，齿颊生香。你能听见山风，感受山泉，还有早春时节带着雨露的阳光。那茶的前世今生被唤醒了，那蓄积了一冬一夏的自然精髓也袅袅释放。茶水喝至四分之一时，便要及时续上水，而不是喝干再续。即使喝上几遍，茶味依然香醇。正是一个元气淋漓的“茶”字相邀，才润泽了我与她友情相伴的数度春秋，让我在茶香氤氲中感受着丝丝缕缕的暖意。

对茶的理解，常依赖于一个动词，品。当然，亦可说喝、饮，还可说吃。但只有“品”的文化意味和淡然心境才一目了然。茶生长在山间，在茶农手中，仅仅是茶而已。品也罢，喝也罢，茶们依然是茶。所不同的是它被品饮它的人赋予了思想。隐者之茶，便是隐者，智者之茶，也还是智者。愚钝如我者，茶也如我。无论品、饮，还是喝、吃，我们品出的，或许不仅有茶，还有我们自己的心境和想法。也或许我们喝茶喝的不是水，而是滋味，甚至不是茶的滋味，而是内心和人生的滋味。

我们一般人喝茶，首先是饮水、解渴，满足生理需要。其次才是品茗、赏茶这些高品位的茶文化。书上说，茶的品种主要有绿茶、红茶和乌龙茶。绿茶是不经发酵的茶，色泽润绿，汤色明亮，口感纯正。以龙井、碧螺春为著名；红茶是经过发酵的茶，红叶红汤，功夫茶是其中一种；而乌龙茶属于半发酵茶，铁观音、大红袍即为此类。

“非叶非花自是香”，茶，年复一年，在山间生长。在日月星辰沐浴下，在山岚雾霭滋养中，经历风霜雨雪的洗礼，吸纳灵山秀水的精华，在每一个鲜嫩的节气，还俗人以俗，给雅人以雅。

陆羽在《茶经》中，倡导饮茶应培养“精行俭德”品格；当它远涉重洋，芳播欧亚，日本茶道大师又以“和敬清寂”来概括饮茶要义，推崇一种和睦互敬、守志清心的饮茶境界，与中国的茶道一脉相承。古人喝茶讲究内心和谐，人与自然和谐，人与人和谐，不温不火，不卑不亢，天人交感；今人喝茶，常难静品和独饮，往往呼朋唤友，人声嘈杂。在那些茶馆和茶室里，不是喝茶解渴的，也是借着喝茶聊天谈生意的，甚至还有玩牌打麻将的，很少有人真正坐下来赏茶品茗。即便有人为你表演茶道、讲茶经，也与真正茶道讲究的内心的典雅、清静与高洁相去甚远，甚至名不副实。

当柳丝编织细雨，落叶摇动秋声，当月辉泻满夏夜，冬雪飞舞黄昏，不妨泡一壶云雾，如归自然怀抱，如坐草木之间，感受岁月静好。

金镶玉竹

人与寻常事物常有说不清道不明的关联，一本书，一段旋律，一株植物，总能带给人不一样的感受。

夏日里，当我站在花果山三元宫的屏竹禅院前，那片金碧交辉的竹林，让我内心一片清凉安定。

一杆杆竹扎根自己脚下的一方土，生机勃发。嫩黄色初长的新竿如窈窕的少女，婀娜多姿；金黄色成年竹竿像伟岸的男子，挺拔葱郁；苍黄老竿似沧桑的老人，饱经风雨。

每杆竹黄绿相间，每节生枝叶处有绿色纵纹，天然生成一道碧绿色的浅沟，竹黄沟青，就像条形的金子里嵌进了碧玉，每节间出，此前彼后，上下交错，清新淡雅。有的竹鞭也有绿色条纹，有的竹竿下部之字形弯曲。绿色的竹叶，还有少数是黄白色彩条。一片竹林颜色鲜艳，千姿百态，不像一般的竹林色彩单调。

有风吹过，风大时，竹子偶尔也会折弯，弯曲中自会有一种张力和抵抗。微风时，则顺应节奏，扭动柔软的腰肢，“沙沙”之声如不尽的切切言辞。一席阳光的丝绸里，有《诗经》里的几首诗句，有唐诗宋词里的数卷鸟鸣，有无数古代贤士的灵魂，翻阅着光阴的波浪，尽是对名利的淡泊。

竹之于文学的最初演绎，始于《诗经》：“籊籊竹竿，以钓于淇。岂不尔思？远莫致之。”“秩秩斯干，幽幽南山。如竹苞矣，如松茂矣。”继而有那些“未出土时先有节，及凌云处尚虚心”“新竹高于旧竹枝，全凭老干为扶持。”“莫听穿林打叶声，何妨吟啸且徐行。”的诗句。还有朝着国画里栽种竹子的人，身长如竹，衣袂飘飘，墨滴瘦书，笔落瘦竹，品性亦如竹，过竹子一样清瘦的生活。言谈举止剪辑成一帧帧竹影，在流光里明明灭灭。

唧唧啾啾滑落的一串鸟鸣，不知吟诵的是哪一句，说的是哪个人，砸疼了谁的心。

忽然想动用十万片竹叶的心情，写一封信。望向时光更深处，“谁知湘水上，流泪独思君。”竹影摇曳，又不知是谁有了感知而作的回应。

看似普通的竹子，蕴藏着中国的传统文化和人文精神。有人说竹子是“十德”君子：身形挺直，宁折不弯，曰正直；虽有竹节，却不止步，曰奋进；外直中通，襟怀若谷，曰虚怀；有花深埋，素面朝天，曰质朴；一生一花，死亦无悔，曰奉献；玉杆临风，顶天立地，曰卓尔；高标绝俗，却不孤僻，曰善群；质地犹石，方可成器，曰性坚；化作符节，苏武秉持，曰操守；载文传世，任劳任怨，曰担当。是竹非竹，寄予了人的美好秉性，用气节德行垒高了自己的身躯。

云台山连绵叠翠，山岚雾气蒸腾，自古以来，多有南方花草树木，竹子是其中一种。低矮的纤细柔韧，高大的直插云天。特别是金镶玉竹，更是竹中珍品。与紫竹、佛肚竹、茶杆竹同为江苏省四大名竹，全国独有云台山呈野生状态分布，花果山、宿城、东磊山上特别多，成林成片，长势旺盛。尤以花果山景区最多，紧靠三元宫的“屏竹禅院”一带尤为繁茂。传说，是孙悟空从观音菩萨净瓶中借来，用以绿化花果山的。为了和其他竹子区分开来，孙悟空在每一竹节上加了一道绿色的“防伪标签”，金镶玉竹从这里繁衍到整个云台山。

家乡人利用有益于金镶玉竹生长的优越自然条件，保存和发展珍异品种，精心绿化，形成了颇具规模的风景林，吸引了许多外地游客的目光，金镶玉竹的名气也越来越响。二十世纪九十年代，我国发行一套《竹子》特种邮票时，云台山金镶玉竹列于四枚中的第二枚。不久，金镶玉竹邮票碑也竖到了去屏竹禅院的路口，成了花果山一景。

如今，山上山下，出门见绿、抬眼见竹。人家小院，城区绿化道路广场，公园小区，随处可见竹的身影，竹子身上那种正直挺拔、高风亮节、虚心坚韧、清高脱俗的精神，陶冶着人们的情操。家乡人还喜欢用金镶玉竹新叶泡茶，降血糖，保护肝脏，提高免疫力，预防疾病。据说，还有抗肿瘤的功效。

日常生活中，家家户户还保留着许多竹制品，从竹竿竹杖竹筷竹扫帚竹斗笠，到竹篮竹椅竹床，到竹笛竹箫，衣食住行娱乐，不离左右。拿在手里，躺在上面，贴上脸颊，就有一种亲切、接地气的感觉。有时候看一眼这些竹制品，就能把人瞬间带回竹林。

花间意

打碗花

儿时居住的小院，有竹篱笆，年年春天，都有打碗花柔韧的茎蔓在篱笆墙上摇曳。

不光是篱笆墙，田埂上，墒沟、麦田里，它都带着一颗不断向上的心，向着身边的篱笆、蒿草、麦秆，向着高处攀缘。疏密有致的绿叶间，不时冒出几粒毛笔样花蕾，蘸一缕春风几丝春雨，绽五裂花瓣，胭脂般的红，墨一般从花瓣边缘向里逐渐洇开，与花心流出的纯白融合渗透，花瓣间浅浅的愈合线，恰到好处地分隔了颜色，凝脂般的“碗”便灵动起来，盛春风，盛雨露，盛阳光月光星光，“碗”约成一曲乡村民谣。

别看打碗花在乡村普通又常见，却是从两千多年前的《诗经》里走来的，只不过那时它叫“葍”。

《小雅·我行其野》:“……我行其野,言采其葍。不思旧姻,求尔新特。成不以富,亦祇以异。”一个远嫁他乡被丈夫遗弃的女子,独自行走在生长着臭椿树、羊蹄菜和打碗花的郊野,失魂落魄,愁苦悲戚。她不时弯腰采一把打碗花,那小小的碗盛不下她的泪水,她的无力无助和无奈,“啪”的一声,和她的心一起,裂了。心中的悲愤、伤痛,难与人言的委屈,和着苦涩的泪水,透过泛黄的纸页,至今还让人生出无限的同情、惆怅和遗憾。

叫“葍”的打碗花,还有许多名字,富秧、兔耳草、小旋花、走丝牡丹、面根藤、喇叭花、狗儿秧、苦蔓、老母猪草等,象形会意,各不相同。我们一直都叫它打碗花。村里老人总是告诫小孩子,这种花不能摘了玩,容易打碗。

碗,在物资匮乏年代,是重要的生活用品,一只碗能用几十年。大人小孩都很小心,一般是不会打破的。有一次,姐姐拿着一摞碗,被绊了一下,她没有本能地用手撑地,而是首先护着碗,胳膊肘和膝盖着地,磕破了皮不管,还庆幸没有打破碗。就是打破了,也不会扔。那时,村里经常有锔锅锔碗的匠人出没,就是大水缸破了,也能锔得滴水不漏。那个年代,“新三年,旧三年,缝缝补补又三年。”收音机坏了,修;钢笔坏了,修;衣服破了,补;鞋子破了,补。就是婚姻家庭出了问题,也是慢慢“修补”,继续生活。很少像现在,一句性格不合,甚至连架都懒得吵一下,就能破裂,就能离婚。

记得儿时打猪草,打碗花是首选,因为不戳手,既不用刀割，也不用铲子铲，直接上手扯，一顿饭工夫，就能扯一篮子。就是扯断的藤蔓冒出白浆，粘手上会变黑，有些刺挠，洗干净就没事了。剩下来的时间，我们也不闲着。折两根柔软的柳枝，采下开着粉嫩花朵的打碗花藤蔓，交叠绾成一个花环，戴在头上，挂在脖子上，比谁更美；挖打碗花细细长、白嫩嫩的根，擦干净放嘴里嚼，里面含淀粉，有点点清甜，还有点麻涩，不影响我们开心地吃；摘一朵打碗花，轻轻捏在手指间，用力一吹，在手指间转起来，像个杂技演员；摘一朵插小辫梢上，快乐地转圈，和蝴蝶一起轻舞飞扬……

回到家，连草连花切碎，拌上麦麸，猪吃得摇头摆尾，哼哼唧唧。就是人，粮食短缺时，也可以采它的嫩头嫩叶洗净切碎，掺点玉米面，放点盐，做咸饭吃，也能充饥。只是人不能多吃，那点轻微的毒性虽不致命，却会让人浮肿。

打碗花还能入药，能治脾虚消化不良、月经不调、乳汁稀少，小时候有谁牙疼，就会把打碗花捣碎敷在脸颊，立马缓解很多。

关于打碗花的来历，母亲说，从前，后山山洞里有个妖怪，在洞口放个大碗，威胁村里人每天把好吃的送到碗里，不然就施法，让地里不长庄稼，人们苦不堪言。村里有个女孩，夜里做了个梦，梦中一位白胡子爷爷告诉她，只要把妖怪吃饭的碗打碎，它的魔法就失灵了。勇敢善良的女孩，一骨碌爬起来，冒着生命危险，到山洞口摔碎了妖怪的碗，惊动了妖怪，被杀害了。第二天，洞口长出一株藤细叶薄的绿色植物，开粉白色的喇叭状花朵，就像女孩生前穿的裙子。

为了纪念那个女孩，人们就把那花叫作“打碗花”了。

打碗花一直守望着村庄，守望着泥土，守望着鸟语花香。童年的麦田、夕阳，童年的游戏、伙伴，纷纷聚拢到一朵打碗花上，一点一点弥合我与家乡，与大自然之间越来越深的裂痕。

七叶一枝花

“七叶一枝花，深山古涧是我家。无名肿毒来请我，好比神仙一把抓。”一枝花，仿佛上天的美意，隐藏在云台山中，隐藏在古涧溪边，七片绿叶众星捧月，一朵独放。不知经过了多少黑暗，多少挣扎，多少阳光雨露，才拥有这样的颜色和姿态。它的盛开，像一个传说，更像一个奇迹。

看过七叶一枝花的人，过目不忘。虽说名字是七叶，事实上也不都是七片叶子。不同的植株上，叶子的片数也不同。有的叶子是四片，有的叶子能有十几片，形状如伞。虽然叶子的数量不同，但是它们都有一个相同的特征，一圈叶子里只长出一朵花，花梗青紫色，从茎顶抽出，花的形状跟叶子形状极其相似。外层花瓣大概有六片，里层的有八片。春末夏初开花，叶心是轮状的，花开在叶心部位。花萼是绿色的，花瓣像丝带一样。秋天结出的果子，像是一个炸开的石榴，鲜艳剔透，辨识度非常高。种子的数量也多，有些像红色的果汁。吃起来有一点点苦，但也能接受。

七叶一枝花，又叫重楼、七叶莲。李时珍描述为："重楼金线，处处有之。生于深山阴湿之地。一茎独上，茎当叶心，叶绿色，似芍药，凡二、三层，每一层七叶。茎头夏月开花，一花七瓣，有金丝蕊，长三、四寸。王屋山产者至五、七层。根如鬼臼、苍术状，外紫中白，有粳、糯二种。"

云台山的七叶一枝花通常长在一些海拔比较高的地方，还喜欢潮湿，喜欢腐蚀过的土壤。遇到寒冷干旱季节，就不停地让自己又多又细的根系往四周扩展，以吸收更多营养，让自己更好地生存下来。

经霜以后，七叶一枝花的茎秆萎缩，球形蒴果耷拉着脑袋，失去了往日的神采。这时候，人们就扛着镐头，钻进冷寂的山林，采挖它们。挖回家后，把泥土和枝叶清理干净，根茎切片，晒干保存备用，或是卖到收购站换钱。

和古时候一样，现在还有不少人上山采药，在被蛇、蝎这些毒虫咬伤后，就会把七叶一枝花捣碎，直接敷在被咬的地方，很快就能解毒。不仅可以外用，还可以内服，说是能治疗胃痛，还可以用来抗癌。虽然是主打蛇伤痈疽药，也具有清热解毒，消肿止痛的功效。腮腺炎、扁桃体炎、咽喉肿痛、乳腺炎、跌打损伤，都能用它治疗。药书上说它对亚洲甲型流感有抑制作用，对痢疾菌、副伤寒杆菌、副大肠杆菌也都有抑制作用。

至于它的名字由来，家乡一直流传着一个故事：古时候，云台山下老君堂一带住着十几户人家。其中，一对叶姓夫妇，生有七儿一女，儿子和庄上的小伙耕种、打柴，女儿和姑娘们采集山果、草药。山上毒蛇猛兽众多，经常害人性命。最厉害的数一条大蟒蛇，擅于变化人形，迷惑人们上当受骗，害死了许多人。七个兄弟决心为民除害，前仆后继与大蛇搏斗，但个个丧生。妹妹为了报仇，苦练武艺，抱着与大蟒蛇同归于尽的决心，穿上了用绣花针编织的衣裙。她与蟒蛇缠打多时，不能取胜，便假装体力不支，被蟒蛇吞入腹中。蟒蛇如万箭穿心，翻转扭曲，倒地而亡。

奇迹出现，在姑娘死去的地方，长出了一棵棵野草：一枝枝长茎中间长出七片叶，顶端一朵花，俏丽可人。用这种草捣烂涂敷被毒蛇所咬的伤口，不久伤口就好了。人们为了纪念叶家兄妹为民除害、造福山民的恩德，就给它取名七叶一枝花。

不管这个故事是真是假，这个药草在云台山是真实存在的。它从远古一路走来，小心地保管着怀里的种子，始终不曾忘记自己的责任，坚守故土，年年如期散叶开花，“花开玉色丰神朗，果蕴琼浆异彩妍。祛病消灾天意美，不留毒腐在人间。”

七叶一枝花的花语是恩德。人间多少草木，以它们的苦口婆心，守候、看护着我们的岁月。这份恩德得到越来越多人的珍惜和敬畏，护佑草木的清香绵延久长。

小野菊

说到秋天里轻松愉快的劳动，采小野菊应该算一件。

每年秋后，黄灿灿的小野菊一丛一丛开在崖头坡上沟畔路边，为秋天日渐萧瑟的山野增添一抹亮色。

它们这儿一簇，那儿一簇，渐次开放。花色金黄，芳香馥郁，无论平地，抑或山尖，密影横斜，占尽风光。有的打着珍珠般的花骨朵，簇生枝头，玉唇紧闭，躲进深闺不愿让人睹其芳容；有的半开半合，朱唇半启，欲抱琵琶半遮面；有的朵朵怒放，笑口张开，欢迎观瞻。在山风和暖阳里，它们高擎金色的酒杯，好像在庆贺自己的节日，又好像是欢迎我们的到来。侧耳细听，甚至能听见它们的祝酒词：干杯，干杯，为我们每一朵都是我们自己，又都是大家；为我们是此刻的自己，也是以前的自己，还是将来的自己。一阵风吹过来，它们的杯子碰在了一起，沙沙地响成一片，笑成一片。山坡上，涌动着金色漩涡，热烈又羞涩的香气沁人心脾。我们情不自禁地俯下身，嘴巴凑上去，眼睛闭起来，享受它们天真的祝酒，惊飞几只也在酣饮的蜜蜂。

那纯正的黄，明艳、亮丽、朴素、雅致，原汁原味，与天空与山野与人浑然一体，风吹不散，雨化不开。它们不择地而生，只拥有一小撮土，便会在瑟瑟的秋风里，在偏僻贫瘠的山坡谷地，与清风为友，冷月为伴，静静生长，诠释着生命的价值，绽放出秋日的浪漫。淡雅而不亮丽，秀美而不奢华。像极了乡间二八女子，没有时尚的装扮，没有高档的化妆品，素面朝天，保持着女子最初的清澈。见人有些害羞，一边往门里走，一边回头张望，掩不住眉目里初起的风情，纯真，自然。我们一边陶醉于这美，一边摧残这美，一边安慰着自己：小野菊是无私的，它会为我们换来本子、橡皮、小人书，还能换点零花钱。明年它们还会长出来的。于是，心安理得，把手伸向它们细细的脖颈。

篮子满了，化纤袋也满了，姐姐背上袋子，挎着篮子，我拿着一把小野菊小尾巴一样，屁颠屁颠跟在身后。

回家后，把它晾干，就可以卖到收购站换钱了。记得姐姐上学时，采野菊花还是学校勤工俭学的一个科目。劳动课大家上山，或捡松球，或挖草药，或采野菊花，卖钱购置体育用具和课外书。

野菊花采得多了，母亲也会给我们做菊花枕头。用碎布拼起来缝个套，装上野菊花，枕着它睡觉，清心明目，醒来神清气爽。

野菊花的叶、花都能入药。味道苦、辛、凉，能清热解毒，疏风散热，能治红眼病、疮疖、咽喉肿痛、蛇咬伤、湿疹、皮肤瘙痒、头痛眩晕，还能抗菌、抗病毒、降血压。村里人还常用它泡水，灭孑孓和蝇蛆，也能抹被蚊虫叮咬的红肿痒。

一次哥哥得了急性腮腺炎，一边脸肿得比另半边大一倍。父亲到后山拔来几棵野菊花，连花带叶捣烂给哥哥敷在脸上，又让母亲煎汤，给哥哥喝下，两三天，哥哥的脸就不肿不疼了。

作为花，它坚守乡野，不与百花争艳，身处寒秋，不惧风霜，也不在乎有没有人欣赏；作为药，它的药效卓著，却不名贵，童叟无欺，也不俯仰人的好恶。自信从容，谦和笃定。在你需要的时候，默默地奉献自己。

一天摘下来，“弄花香满衣”，发梢，衣襟，手上脚下，无不散发着野菊的清香。仿佛自己也变成了一朵小野菊。

金银花

每到春夏之交，休眠已久的金银花，在老家山间丛林、田边地头、家前屋后竹篱笆上，伸个懒腰，随意附着身边的物体，萌发新芽，开枝散叶，放苞吐蕊。

金银花叶片对生，花儿也成对生于叶腋间。盛开时，金银成对，形影不离，像是一对难分难离的恋人，又似交颈起舞的天鹅，相依相偎的鸳鸯，所以也叫鸳鸯花。一丛丛一簇簇此白彼黄，散发迷人的韵致。我们几个年龄相仿的小伙伴，经常聚在一起，趁着星期六、星期天等放假的机会，跑到山里去采摘金银花。

眼尖的二华在山坡上仔细搜寻了一番，立马指向一处长满荆棘的灌木丛，那边上覆盖着葱茏翠绿的藤蔓，簇拥着大片盛开的金银花。我们很兴奋，一边大叫，一边蜂拥过去，不是一人一棵分开采，而是聚在一起逐棵击破，为的是体验你争我抢的乐趣。三两个人围着一棵，手忙脚乱，扯着藤往篮子里捋，山谷中回荡着我们快乐的笑声。

采回家的金银花，趁鲜卖到收购站，一毛钱一斤。母亲要把将开未开由青绿转黄白的花骨朵专门分拣出来，一斤能多卖五分钱。一季下来，总能卖个十块二十块，贴补家用。母亲会奖励我们三块两块自由支配，买两本好看的小画书，货郎担子进村时买块老糖，买些笔和本子，心满意足。

母亲也会留下一部分，洗干净，放锅里蒸一下，晾干给我们泡水喝，喝在嘴里甜丝丝的，解渴又解暑，隐隐还有一股清香冲入肺腑，五脏六腑都得到了滋润，人顿时变得神清气爽。

“涝死庄稼旱死草，冻死石榴晒伤瓜，不会影响金银花。”金银花是多年生藤本植物，喜阳、耐阴、耐干旱，根系发达，分蘖旺盛，落地生根，坚韧得超乎想象。一年四季绿叶纷披，春秋两季开花，秋末冬初，虽然老叶枯落了，但在叶腋间又会簇生新叶，新叶是紫红的，凛冬不凋，所以也叫它“忍冬”，是较早被人们了解应用的中草药。《神农本草经》记载：“金银花性寒味甘，具有清热解毒、凉血化瘀之功效，主治外感风热、瘟病初起、疮疡疔毒、红肿热痛、便脓血诸症。”

村里人如果遇到虚热上火、生了热疖毒疮之类，就到山边去采一束忍冬藤，在大火上煨半个时辰，倒出酽浓苦涩的汤汁，进行擦洗或者浸泡，很快就好。哪家小孩子湿疹和皮肤瘙痒，就用金银花藤煎水，亦喝亦洗，也很快就好起来。

金银花性甘寒气芳香，能宣散风热，清解血毒，发疹、发斑、热毒疮痈、咽喉肿痛都能治。经常饮用金银花茶，还能抗衰老，强身健体。装在枕套里当枕芯，清心明目。

家乡山野的金银花，年复一年播撒一缕缕芳香，关于金银花、忍冬藤的故事也一辈一辈地传说着。

很久以前，山里住着一个姓金的采药老汉，带着女儿银花采药为生，金老汉和山下一位姓任的老中医合伙，开了一家中药铺。任老医生有个儿子叫任冬，从小跟着父亲学医，又去少林寺习过武，文武双全。两位老人给两个年轻人订了终身。

有一次，乡里瘟疫流行，乡亲们不少得了病。金老汉和女儿银花天天上山采金藤花给乡亲们煎汤治病。推磨顶上的黑熊精想要独霸金藤花，熬制长生不老药。抢走了银花，打伤了金老汉。任冬闻讯赶来救出银花，并请来药王帮忙赶走了黑熊精，自己却在与黑熊精的厮杀中被打落悬崖身亡。银花悲伤过度，一头碰死在任冬坟前的岩石上。乡亲们把她和任冬合葬在一起，坟上竟开满了金藤花，继而，漫山遍野都开满了金藤花。染了瘟疫的乡亲，喝了金藤花汤药，都痊愈了。人们为了纪念银花和任冬两个年轻人，就把金藤花叫作“金银花”和“忍冬藤”。

儿时听来的故事和漫山遍野的快乐一起，在不居的时光里，永远鲜活。

映山红

四月，天空清朗，阳光和煦，柔柔的风吹得大沙涧蜿蜒的山路两旁不知名的山花野草，舒展身姿，争相开放，惹得蜂飞蝶舞，鸟声啾啾，沉睡了一冬的山野变得热闹起来。更有那一朵朵，一簇簇，一片片映山红，从山脚到山腰向山顶一路延伸，把所有的绿色都点燃。

这时候，我们几个小伙伴就会去山里当“采花大盗”。

近看映山红筒状的花朵有五个花瓣，花瓣上有几个红色的斑点，几根丝状花蕊像蝴蝶的须子。一朵挤着一朵，一枝挨着一枝，或藏在草丛中，依水听溪；或躲在小松旁，与树厮守，或挤在石缝里，植根悬崖峭壁上，随处点缀洇染的红，像一束光，一团火，映红了山岗，散发着属于自己的芬芳。

我们顾不得欣赏，先摘一朵，去掉蒂，对着嘴巴吸。小时候，只要没有毒的东西，我们都想放嘴里尝尝，花心里甜兮兮香喷喷的味道安慰着我们淡而无味的嘴巴。过了嘴瘾，就过玩瘾。摘一朵插在小辫梢上，塞进纽扣洞里，或是折一根细细的草茎，把中间的花蕊去掉，从映山红的中间横穿而过，串起一串糖葫芦一样的花串，吆喝着叫卖。或是折两根软软的藤条，绕成头围大小的圈，将映山红缠绕在上面做成一个漂亮的花环，挂在脖子上，戴在头顶上，跑到涧水边，对着清清的涧水照一照，瞬间觉得自己就成了花仙子、小公主，成了世界上最美的人。你追我跑地笑够了闹够了，才想起来要摘一些回家交差。因为它还是一味中药，能活血调经、消肿止血、美容养颜，能镇咳、祛痰、平喘，防治呼吸道感染。摘回家阴干，可以去收购站换钱。

已经识字又爱看书的姐姐告诉我们，映山红是杜鹃的一种，又叫满山红、山石榴、红踯躅、清明花、金达莱，是我国传统名花。历代文人雅士多有吟诵。杨万里的“何须名苑看春风，一路山花不负侬。日日锦江呈锦样，清溪倒照映山红”脍炙人口。没有名苑牡丹的国色天香，玫瑰、芍药之类的妩媚妖娆，映山红的朴实清新、坚忍顽强，一样让人欣赏。姐姐还教我们唱“若要盼得哟红军来，岭上开遍哟映山红”的歌。

说到李白的“蜀国曾闻子规鸟，宣城又见杜鹃花”，姐姐还给我们讲了个故事。说古代蜀国有一位皇帝叫杜宇，与皇后相亲相爱。后来遭奸人所害，不幸惨死。他的灵魂化作了一只杜鹃鸟，日日在皇后的花园中啼鸣哀号，眼中滴出鲜血泪珠，落在皇后园中美丽的花朵上，后人叫作杜鹃花。皇后听到杜鹃鸟的哀鸣，见到那殷红的鲜血，知道是丈夫灵魂所化，悲伤地哭喊“子归，子归”，郁郁而终。她的灵魂化为火红的杜鹃花开满山野，映红山崖，与杜鹃鸟相栖相伴。所以杜鹃花也叫映山红。还有一个版本，就是那杜宇，勤政爱民，每年春播时节便四处奔走，催耕。后来积劳成疾而死，灵魂就化作一只小鸟，每年春天“布谷——布谷——”地四处啼叫，嘴里流出的鲜血，化成漫山遍野的花朵。人们为了纪念他，把那鸟叫作杜鹃鸟，把那花叫作杜鹃花，或是映山红。

无论哪个版本，血洒山崖，染红杜鹃，从此有了映山红，是一致的结论。它们藏在深山，扎根薄土，却让生命浓墨重彩地绽放，回应着布谷鸟的呼唤。

“布谷——布谷——”一只鸟的身影滑过天空，不知它是不是望帝杜宇，也不知他是在呼唤心爱的人，还是提醒人们不误农耕。那殷切的声音，八方回荡，咏唱着生命的礼赞、自然的颂歌。

点地梅

政府楼东面，有个小广场，不大的空地上分片栽植了桃树、红叶李、沙果、石榴、海棠，还有一棵榆树，几株梅花，几丛迎春。春天到来，姹紫嫣红，随风送出阵阵清香。路人的目光常常被吸引，不由自主地到里面走走看看。我也一样。

和他们不一样的是，我没有在黄灿灿的迎春花身边驻足，也没有在粉红的沙果花前流连，我的注意力常在最东头的那片草坡上。浅紫的野豌豆花，嫩黄的蒲公英花，还有那白莹莹、俏生生的点地梅花，我怎么也看不够。

点地梅枝蔓又矮又细，一丛丛几乎贴着地皮，一团团地抱着土地。卵圆形基生叶，灰绿中带黄带红，直接从地表长出来，边缘有钝齿，蔓延成莲花一样的形状，开花时长出花茎。白色或淡粉色的小花，组成伞形花序，规规整整，小巧的花朵和梅花相似，白花黄蕊，清新脱俗，像是点缀在地上的梅花。纤细的茎可以长到三四十厘米高，在草坡上成片开放时，颇有些壮观，俯下身子看它们，宛如一片迷你小森林。阳光照耀下，一朵朵小花白得晶莹，白得透亮，像是满天闪烁的小星星，把坡地开得一片烂漫。

资料上说，点地梅主要靠花粉进行播种和繁衍。有的花初开时是白色，然后会渐渐变成粉红色；有的花刚开时是粉红色，然后逐渐褪色，最后整朵花都变成白色。它的喉部，也就是花蕊外面的一小圈位置，颜色常常会不太一样。花刚开时，它们的喉部是亮黄色，之后便慢慢加深，直到橙色、深红色。据说这与点地梅借助昆虫授粉有关。黄色的喉部是在告诉昆虫，这里有新鲜的花蜜，快来。已经完成授粉的花，则用红色的喉部让昆虫知道，此处无蜜，请勿打扰。这些可爱的小精灵，以自己特有的语言，与其他物种沟通，享受自由自在的生活。

点地梅努力降低露出地表的高度，把所有的枝叶都紧紧地挤在一起，既躲避大风，又减少热量和水分散失，耐寒也耐旱，生命力和繁殖能力都很强。山野草地或路旁，只要有一丁点瘠薄的土壤它就能生根发芽。《中国药植志》记载，点地梅能治喉痛，也叫喉咙草。有苦涩味，大部分被用于兽医行业。可以增强动物心脏血液循环和跳动，提高动物的兴奋度，增强动物的繁衍能力，也可以救治一些动物。对人一样起作用，“识货”的人常在清明前后采挖点地梅，熬水喝能消肿止痛，清热解毒，治疗咽喉炎、口腔炎、扁桃体炎、急性结膜炎、跌打损伤，煎汤或是研磨成末泡酒或用开水冲泡饮用、含漱，都起作用。也可以用新鲜的点地梅叶片捣碎后外敷。

对点地梅了解越多，越是喜欢，每天中午都会去看看。虽然没有迎春、海棠们耀眼，也没有多少人注意，甚至时不时还会被践踏，点地梅不以为意，照样以自己小小的花朵摇动春的气息，就像铃铛摇动风，就像梅花摇动寒冷，就像那些不时来收拾打理小广场的人，微而不贱，自立自强，不在意你的目光，只管像梅花一样开放。

薰衣草

得知薰衣草开花的消息，便赶了过去。

初夏的暖风拂过丘陵山岗，薰衣草便从沉睡中苏醒。在骤然而至的一场雨中鲜亮起来。那灰绿由浅入深，染遍草坡。身条一个劲地往上蹿。叶形优美，颀长秀丽。跃上枝头的花蕾，是爱的火苗，是渴望激情的眼神。大片蓝紫贴在丘陵，蔚为壮观，成为森林公园最抢眼的招牌。

当连绵的紫色涌动，丘陵山岗变得温柔。这是多年前曾经怀想过的爱情色彩吗？流年在湖水中熠熠闪亮。森林上空湛蓝，纤尘不染。

草是紫色的，痴情是紫色的，等待是紫色的，那个流传至今的故事也是紫色的：有一个少女在山谷中采花，遇到一个远道而来的青年，不慎在山崖摔伤。心地善良的少女把他带回家中养伤，直至痊愈。养伤期间，两个年轻人日久生情，情感急剧升温，难舍难分。青年准备告别返乡，少女不顾家人反对，执意相随。临行前，一位老太太给了少女一束能让不洁之物现形的薰衣草，以试探青年的真心。少女将薰衣草扔到青年身上，没想到，青年化作一阵紫烟飘散了。少女隐隐听到山谷中传来青年朗朗的笑声。少女循着薰衣草的香味和朗朗的笑声去追寻心上人，追寻爱情。从此，薰衣草的花语便是等待爱情。爱情或许会来，但不知道会经过多久的等待，才不会辜负执子之手与子偕老的期待。

一大片的爱情游走在阳光和传说里，慢慢愈合现实的伤痕。伸出手围着这片紫取暖，身心渐渐回温。日渐丰腴的南风侧身让路，谁的心跳正抵达幸福？谁的呼吸正抵达眩晕？薰衣草的花蕾抿紧小嘴，差点泄露了源自根部的喜悦。

蓝紫已不是一种颜色，而是一种坦荡，一种精神，一种象征。你无法想象，这一片紫如此纯粹彻底，如此直截了当。像水一样浸入五脏六腑，把身心洗净，让生命透明。你无法抗拒地想要走进、沉入。

在这片紫里，随意站着的一棵树，一个稻草人，一丛灌木，一蓬藤蔓，无不散发着淳朴的气息。一场爱与被爱的承诺在这片紫上慢慢流淌。

或许是闻到了花香，白色的黄色的黑色的蝴蝶成群结队在花丛中飞舞着，忙碌着。它们在薰衣草上盘桓了一会儿，很快找到一朵花，停在上面，专注而忘情地吸着花粉。没有经过教育和学习，他们生来就知道飞舞和采花。或许是它前世的种子里携带着采集花粉、繁衍子孙的坚强信念。在他们身上，你会感知时间的流动和空间的无限。

薰衣草，不忍心大声呼喊这个名字。只是轻轻地叫一声，花瓣便摇落呼应，让人走不出这温柔而芬芳的围困，尽情感受着初夏的爱情。从坡顶往下看，那紫仿佛少女戴了美瞳的眼，又仿佛一口幽深的碧潭，还仿佛波光粼粼的水面。深情的目光在一滴露珠上闪亮。比语言生动，比想象真实，看一眼，便铭记心间。这片燃烧着激情的视野，在现实与梦幻的边缘变得更加神秘。蓝莹莹的一片紫与热烈的相思，随渐暖的光阴一起疯长。

紫色的深处传来一声若有若无的叹息，仿佛是无法诉说的相思，寂寞辽阔。“嫦娥应悔偷灵药，碧海青天夜夜心。”在紫的深处，在情的深处，不知如何拨动那因期待而热烈的心，唤醒怀想与无边无际的热情。

隔着时光相望，并不遥遥。唐诗宋词里优美的词句搭建的意境正在飞翔，穿越时空抵达草的花蕊。紫色的火苗沿着目光恣意燃烧，噼噼啪啪的声响里有风声有鸟语有花香。就在这片紫色里等待吧，等待成为一茎蓝紫，成为一粒怀揣爱情的种子。

向日葵

七月底的一天下午，在连云港市海州区一个叫太平村的村庄，与一大片向日葵不期而遇。一棵棵向日葵，听着不知谁的口令，站得笔直，列出方阵，头颅齐刷刷地朝向落日的方向，全盘捧出对太阳的虔诚。

站在一棵向日葵旁，抬头看看蓝如绸缎的天空，低头看看绿如翡翠的花叶，摇一摇有些扎手的青绿枝干，摸一摸丝绢般光滑的金黄花瓣，晃一晃饱满的褐黄果盘，惊起一群蜜蜂，嘤嘤嗡嗡，飞向另一朵花盘。

不知是靠着什么指引，它们无一例外地选择完全开放的花朵，快速地扇动着薄而剔透的翼翅，快乐地张合着口器，把花蜜吸进肚子里。挥舞着小腿，把花粉扫进腿上的花粉篮里。采完一朵后，就会飞向另一朵继续采集。累了就停在花叶上歇口气。阳光轻盈地飞起，世界轻盈地飞起，你的呼吸也仿佛长出了翅膀，轻盈地飞起。

你掏出手机，对着蜜蜂拍照。它们看都不看你一眼，旁若无人，依旧按照自己的节奏采蜜。要是人做事能够像它们这样，一生只做一件事，一件事做得专心致志，应该大事小事都会做出些成就。

小时候，父亲会在自留地边种向日葵。等到向日葵成熟了，父亲就割下一个个大圆盘，还大方地先“赏”一个给我们姐弟，我们就坐在地边，把一粒粒饱满的瓜子，一个个抠出来，嗑着吃。挑回家后，打下瓜子晾干，母亲会安排我们送些给亲邻，送些到队里榨油，留下一点过年的时候炒香吃。那些往事早就成了生命的过往，可看着这片向日葵，我的嘴里依然能泛起生瓜子的清香。

眼前的向日葵，给人一种无言而踏实的亲切之感，有一份真实的愉悦和温暖。它不仅能吃，还一身都是药。种子、花盘、茎叶、茎髓、根、花都能入药。种子油可作软膏的基础药；茎髓可作利尿消炎剂；叶与花瓣可作苦味健胃剂；葵花子性味甘平，有驱虫止痢的功效；花盘能清热化痰，凉血止血，降血压，对头痛、头晕也有效。

也许它并不优雅和精致，还有些粗糙和质朴，但是一样能打动人心。在画家凡·高眼中，向日葵更是具有一种永远饱含热情的生命力。他笔下的乡村和他的《向日葵》，影响着一代又一代人的审美，以及对生活的态度。他把自己融入大自然，成为大自然中的一分子。他的作品就像向日葵的种子，在无尽的时空里繁衍，扎起人世间永不凋谢的精神光亮。

向日葵的花语，是沉默的爱，与一个美丽的传说有关。水泽仙女克丽泰，在树林里遇见了正在狩猎的太阳神阿波罗，一下子便爱上了他。可阿波罗连正眼也没瞧她一下就走了。克丽泰每天注视着天空，看着阿波罗驾着金碧辉煌的日车划过，日复一日。众神怜悯她的痴情，把她变成一朵金黄色的向日葵，脸儿永远向着太阳，每天追随阿波罗，无言地诉说着永远不变的爱慕。

唯有葵花向日倾。不是所有的花，都能跟得上太阳的节奏。只有向日葵知道，太阳背后一个人内心的寂寞，能一直感知并跟随着阳光。这样的爱情，给人的感受真是说也说不清楚，自然也难分是非对错。从初长到凋零，始终把脸朝向太阳，一生都在无尽的仰慕中。有着最纯正的金黄，有着最初始的追逐梦想的心。看似安静的沉默中，孕育着一种力量。那金黄色的花瓣被阳光照得通体透亮，发出纯金的光泽，在向日葵地的上空辉映出一层升腾的金光。

向日葵在土地的怀里开启时光密封的遗嘱，向太阳捧出心灵的诗句，向天空仰首致意，向大地鞠躬致谢，绿化和改良着无边的人类沙漠。

夏日的黄昏里，它们在追寻，它们在守望，那个叫太平的平凡村庄，多了一抹高贵的光。

黄　花

暮春初夏，绿肥红瘦。家乡的野花野草又该是一番蓬勃的景象，那些色彩鲜亮的黄花，也该一如既往在绿色为主色调的田间地头，亭亭玉立，成为游子可以触摸的眷恋。

那时房前屋后、自留地边、田埂地角有很多学名萱草的黄花。百合科多年生草本的黄花，花形像百合，叶子狭长碧绿，花葶稍长于叶，细长的枝顶开橘红或橘黄色的花，花瓣细长，纹理细腻，带有点点绒毛。春季发芽，夏季开花。花色明艳，仪态袅娜，赏心悦目。曹植有“光彩耀晃，配彼朝日”的诗句，赞美萱草光彩鲜艳，辉映太阳的光华。唐代李峤写道：“色湛仙山露，香传少女风。”形容萱草色泽莹润，如同仙人常饮的甘露；香气馥郁，如同少女散发的气息。

春天，黄花和其他春草一样，从泥土中拱出；夏天，它的叶子蓬勃生长，小小的花箭从绿叶中钻出，擎起青黄的花蕾，大小不一，有的是哑铃形，有的是纺锤形，有的是喇叭形，引来蝴蝶翩翩飞舞。这时候，要抓住时机“摘黄花”，不可过早也不可太晚，摘那些含苞欲放的花骨朵，才能保证黄花菜的品质。最好是正午摘，气温越高，花苞就越饱满。若是遇到阴雨天，那就要赶在下雨之前采摘。否则，花苞遇到雨水，就全泡开了。全开的花少了营养不说，焯一下就烂了。既不好吃，又没了卖相。

刚采回来的鲜黄花，含有秋水仙碱，进入人体后被氧化成毒性很大的二秋水仙碱，会强烈刺激胃肠和呼吸系统，引发食物中毒。所以要用开水焯一下，或是除去花蕊，用盐水浸泡半小时，就可以做菜了。或凉拌，或炒鸡蛋，或炒肉丝，或烧汤，鲜香可口。采摘多的时候，可以焯水捞出沥干，放在太阳底下晒干后保存，过年的时候，黄花烧鸡，或黄花烧肉，都是当家的主菜。母亲以黄花菜为主，配的“什锦菜”最是拿手。“什锦菜”由黑木耳、黄豆芽、菠菜、千张、虾米、海带结、胡萝卜、肉丸、午餐肉、粉丝组成，美味可口，怎么也吃不够。

黄花，花可以观赏，萼可以食用，根可以入药。《本草纲目》记载，萱草“性味甘凉无毒、解烦热、利胸膈，安五脏，煮食治小便赤涩”。有养血、平肝、镇静、安脑、通乳、利尿的功效。民间常以黄花加白糖，煎水喝，治小便赤涩；黄花加藕节煎汤喝，治咯血。有习惯性便秘的老人，经常吃些黄花菜，既能健胃补脾，又能润肠通便，还可以养血安神。

黄花菜对神经衰弱、高血压、动脉硬化、慢性肾炎、水肿都有治疗作用。经常食用，可以防病保健，益寿延年。

叫黄花的萱草还有“忘忧”“宜男”的“特异功能”。古人认为吃黄花能让人昏然如醉，陶然忘忧，所以又称它为忘忧草。《博物志》里“萱草，食之令人好欢乐，忘忧思，故曰忘忧草”。民间也有“鲜花能念农夫苦”“摘花赏花又怡心”诗句。萱草不仅使人忘忧，《风土记》中还说，怀孕妇女假若佩戴萱草之花，便可生下男孩，因此萱草也称“宜男草”。

它还与母亲有关联，被当成母亲花。《诗经》里有“焉得谖草，言树之背”的诗句，朱熹为之作注解：“谖草，令人忘忧；背，北堂也。”谖草，即萱草，北堂，是母亲居住的地方。到了唐代“知君此去情偏切，堂上椿萱雪满头”，人们开始用椿代表父亲，萱代表母亲。而擅长写母亲的孟郊除了《游子吟》，还有《游子》：“萱草生堂阶，游子行天涯。慈母依堂门，不见萱草花。”从而将萱草与母亲更加紧密地联系在了一起。到了宋代，萱草这个意象大量出现于诗词、绘画乃至瓷器之中，作为代表母亲的意象符号，在恬淡中散发出母爱的光辉。有学者建议将敬老文化意蕴明显的萱花纳入重阳节，开展纪念活动，让更多人了解萱草符号，续接这一传统文化意象。

黄灿灿的油菜在结籽，绿油油的小麦在灌浆，一丛丛黄花和它们一样，全神贯注于自己的心事，把绵绵不绝的诗意酝酿。

槐　花

在生养我的小村李庄，涧沟边、山岗上、房前屋后，到处都有槐树在恣意地生长。每到五月花开时节，小村便成了一片花的海洋。连空气中都飘着沁人心脾的甜香。

那一簇簇洁白饱满的槐花，就像一片片白云在绿树红瓦间飘荡。这时的小村就像一幅画一样。我家的老屋就在画的中央。老屋的院边有一棵老槐树，冬季枝干遒劲，夏季绿荫如盖，是我们玩耍的好地方。我们在树下玩丢手绢，玩抓小偷，用面筋粘知了，上树掏鸟蛋。不用担心有如山的作业，也不用上各种各样的辅导班。只是为了五个孩子忙得手不停脚不住的母亲不让我们拾闲，不是喊正在玩耍的我们上山搂筐烧草，就是下滩剜篮猪菜；不是到井上抬水，就是回家做饭。尽管心里一百个不情愿，我们也不敢反抗，嘟着嘴，拖着腿，行动迟缓。

只有槐花盛开的时节，母亲喊我们捋槐花的命令，我们执行得眉开眼笑，心甘情愿。那白中泛青，玉一样晶莹的槐花，在忍饥挨饿年月的母亲眼中，可不是用来欣赏的。她看到的是我们姐妹对槐花做成食物的吃相。母亲一声令下，我们便挎着竹篮，扛着绑上镰刀的长竹竿，绕着槐树上蹿下跳地奔忙。第一把槐花我们都不急着往篮子里放，而是先放到嘴里尝一尝。那白茸茸的花，嫩黄黄的蕊，吃上一口一直甜到心里。个高的大姐在树下掰树枝捋，二姐则爬到树上捋。还有够不着的，就把绑在竹竿上的镰刀伸到茂密的枝叶间，勾住一枝开满槐花的枝条，轻轻一带劲，整束的槐花就飘落下来。捡得我手忙脚乱。用不了多长时间，我们就有一大篮子的收获。篮子盛不下了，我们便拖着镰刀削下的槐树花枝，唱着“什么做窝做得高，什么做窝半截腰，什么做窝莲花碗，什么做窝一条槽；喜鹊做窝做得高，斑鸠做窝半截腰，燕子做窝莲花碗，兔子做窝一条槽”的自问自答的童谣，满载而归。

槐花到了母亲的巧手里，就会变成一道道让人馋涎欲滴的美味佳肴。槐花放在大米上蒸，拌上葱花油盐做成咸花饭，那叫一个鲜；槐花和玉米面和好蒸成窝窝头，那叫一个香；槐花和韭菜拌馅包出的大脚饺子，那叫一个美。还有凉拌槐花、槐花汤。那时，只要闻到母亲蒸槐花的香味，我和弟弟就迫不及待地把饭桌抬到树下，他让我端板凳，我让他拿碗筷。生怕他比我少做了什么。说恼了，俩人就围着槐树你追我打，直到妈妈来喝止我们。那棒须面糊糊就着大脚饺子，至今还齿颊留香。吃不完的槐花，母亲会用开水烫一下，晾干以后收起来，冬天的时候包包子、包饺子，仍然能把你的眼前吃出一片鸟语花香。

晚饭后，庄上的叔叔婶子，大爷大娘都聚拢到老槐树下的那一盘青石磨旁，谈天说地，议论家常。爷爷总是坐在那盘磨上，抽那杆磨得锃亮的铜嘴烟袋锅主讲。不管是天仙配、白蛇传还是薛仁贵征西、乾隆下江南，不管是杨家将、岳家军还是八路军、解放军，不管是张家婆婆还是李家嫂，都从爷爷一明一灭的烟袋锅里袅袅飘出，只听得大人忘了一天的辛劳，孩子忘了追打皮闹。

岁月流转中，不知有多少个槐花飘香的季节匆匆走过，槐花饭食也渐行渐远，捋槐花的快乐却窖藏在心的一角，对于童年生活，它是那样的不可或缺。

紫 藤

每年的“五一”前后，我们几个好友都会相约去宿城的五姐家，去看她家崖畔那一架紫藤花。

五姐家在宿城大竹园村黄毛顶，法起寺文化园后面，自家的茶田里。三间房一间住宿，一间吃饭，一间支起两口草锅，就地取周边的柴草炒菜做饭。门前垫起不大的一块空地，支起几根树桩，网上结绳，撑起一树碗口粗两三米高的紫藤，本该露天的廊顶被交错盘绕的枝蔓铺满，自然形成了一个小小的紫色院落。

房子隐藏在崖下巨石和杂树中间，不注意很难发现。只是那一架藤萝开得正好，它们不知道隐藏自己，一串挨着一串，一朵连着一朵，手拉手一起登场，欢声笑语，热闹喧嚣。引得过路人你来我往，拍照流连。

此时的紫藤，远看是一片深深浅浅的紫，像一片流动的云霞，漂浮在山间。近看一条条下垂的藤蔓上，开满紫色的花，像悬挂着一道道瀑布，在跳跃，在流淌。阳光从枝条的罅隙漏下来，小小的紫色花舱，泛着点点银光，像是迸溅的水花。风儿吹过，有扑鼻的清香弥散。那香气似乎也是浅紫色的，梦幻一般。

藤下有长条桌凳，泡一壶云雾茶，沉浸在紫的色彩和紫的香气里，一种宁静，一种喜悦，不知不觉滋生出来。

“藤萝树，开紫花，手拉手，向上爬。爬上天，看见啥，有风有雨在说话。”儿时的歌谣从记忆的角落里冒了出来。“紫藤挂云木，花蔓宜阳春。密叶隐歌鸟，香风留美人。”大诗人李白的诗也应景。紫藤春天里先叶开花，紫花烂漫，香气袭人。曲折盘绕的紫藤条随着高大的树木直达云霄，灿烂的春日阳光，照耀在紫藤花上，欢乐的小鸟叽叽喳喳地隐藏在密密的叶子中间，一阵香风飘过，美若仙子的紫藤花露出了美丽的容颜。诗人笔下，紫藤俨然一位美若天仙的女子。我们没有诗人的才情，但看到紫藤花那一刻的愉悦是一样的。

看了满眼的紫色光影，闻了沁人心脾的紫色香气，接下来就是满足口腹之欲了。我们几个人分工，有的站到凳子上捋藤花，有的和面，有的洗韭菜，有的准备草锅。捋下的鲜花，用开水汆一下，捞出来沥干水。放凉后，一部分用保鲜袋装起来放冰箱冷冻，随吃随取，像新鲜的一样。剩下的和切碎的韭菜、虾皮一起拌馅。然后几个人一起坐在藤架下擀皮包大脚饺子。一边包，一边家长里短，说说笑笑。这时候，五姐就开始烧锅。锅热了，刷一层油，舀一瓢水在锅底，把包好的大脚一个一个蘸点水，整齐有序地排列在锅边，用文火炕。这道工序要五姐亲自动手，我们几个掌握不了火候，不是糊了就是没熟。

待一面炕得黄灿灿香喷喷的大脚出锅，等不及冷，每人就抓起一个往嘴里塞，一边烫得嘶哈嘶哈吹气。

五姐家不仅有紫藤，还有野蜜蜂，还有一面坡的云雾茶。蜜蜂是自己跑来的，大概这里的生态吸引了它们。姐夫就用碎木板竹片做了十几个简易蜂箱，让它们安家落户，也能顺带着收些蜂蜜。因为蜜蜂的原因，五姐家的茶不打农药不上化肥，泡出来竟有茶香之外的野花香、草木香和山泉的甜味。平日里姐夫还到深山里刨根做粉，收入足够吃穿用度。

夕阳下，回望一架紫藤，枝蔓舒展，芳姿可人，不知惊艳了多少时光。

油菜花

三月里的一场春雨，褪去了一冬的寒意。性急的杏花迫不及待地跃上枝头，满园春色关不住。不出几天，桃花、梨花，各种花儿次第开放，争奇斗艳。“百亩庭中半是苔，桃花净尽菜花开。”待到桃李花谢，那满田满垅、坡上坡下漫天遍野的油菜花汪洋恣肆，云霞一般向你铺展而来，声势浩荡，吞噬你的目光。一大片一大片的金黄自有一种令人目眩神迷的华丽，华丽中还带着朴素，朴素中又藏着乡气。

翻遍诗词歌赋，鲜见油菜花的身影。它没有牡丹的富贵娇媚，也没有玫瑰的艳丽浪漫，更没有菊花、梅花斗霜傲雪的文化品性，有的是常被忽略的平凡和渺小。记得小时候，每到入冬前，父老乡亲们见缝插针，房前屋后，田间地头，栽满油菜苗。一场春雨过后，昨天还蔫头耷脑的小丫头仿佛一夜间变得袅袅婷婷。阳光穿过料峭春寒赶过来，停驻在油菜花上，那花便一点一点地娇羞，一点一点地妩媚，一点一点地灿烂起来，汇成一片汹涌的波涛。一棵油菜花有上百朵小花，每朵小花有四个瓣。初开的时候，浅黄的花蕾和嫩绿的枝丫交织生长，清新淡雅，惹人爱怜。渐渐地，花色由浅变深，直至金黄。花亭高挑，花瓣如蝶翅，欲舞似飞。朵朵密集，簇簇相拥，开得忘乎所以。由近而远、错落有致地伸向远方，高低起伏到天际，开出一片浩荡的春景。一阵风儿吹过，油菜花轻轻摇动，扑鼻的香气沁人心脾。村里村外到处浮动着若有若无的甜兮兮的味道，带着平民的质朴，乡野的浪漫和大自然的一份美丽。蜜蜂和蝴蝶嘤嘤嗡嗡，你追我赶，追逐醉人的香气，追逐明媚的春光。走过田间的女人，随手摘一朵黄花斜插鬓间，整个人就鲜亮起来，生动起来。乡村也跟着鲜亮起来，生动起来。扑蝴蝶的女孩碰了一鼻子的花粉，放风筝的男孩停下脚步，拍着手唱“油菜花油菜花，新娘子打伞回娘家”的歌谣。青嫩的童声在油菜花蕊上来回滚动。

生在乡间的油菜花，烂漫在天地间，不会因为某个人的想念而等待着不凋谢、不结果，也不知道它那炫目的金黄燃亮过多少眼睛和心情，过滤了多少浮躁与喧嚣。它旁若无人，自开花，自结籽。夏天一到，父老乡亲便打下菜籽榨油，滋润一下清汤寡水的生活，或换些小钱，贴补捉襟见肘的家用。年复一年，人们习以为常，没有人特别注意它的美丽，也没有人把它当作花卉来对待。就是才子皇帝乾隆也是看重它的民生作用："黄萼裳裳绿叶稠，千村欣卜榨新油。爱他生计资民用，不是闲花野草流。"一株油菜花是单薄的，有些弱不禁风。可只要聚拢在一起，便有波澜壮阔的气势。好像朴实憨厚的父老乡亲们一样，相互依偎，相互支撑，守护着自己的家园。

星移斗转，在农村向城市化迈进的过程中，人们渐渐远离乡土，远离油菜花，情感失去了附着，乡愁无处表达。于是，城里乡下在怀念的互动和感召下，产生了回归自然的共鸣和向往。很多地方对自然资源进行保护、开发，守在乡村一隅的油菜花不再安静，一波一波的观赏者纷至沓来，走进田野，闻着阳光，观赏油菜花成了一种时尚，并且上升到了旅游和经济的高度。于是，油菜花搭台，旅游经济唱戏，小小油菜花成了活跃地方经济的金花。它的金黄延伸着一种生命颜色和辉煌。

栀　子

站在初夏的门口，布谷鸟一声呼唤，栀子花脆生生地应一声，便从老屋窗台前闪出来，满树满枝的白，一朵一瓣的香，像是来自天上的云朵，源自亘古的芬芳。

老屋两侧窗前各有一棵栀子花树，似乎是有记忆起就在。枝枝杈杈的，伸开双臂都搂不过来。气温日日升高，麦子成熟的香气日日浓烈，栀子花就开始打花骨朵了。浅绿的外皮包裹着洁白的花瓣，旋成毛笔的形状，蘸着汗水，续写镰刀与麦子的情诗。去往麦田的人，鬓角插一朵，衣襟别一朵，口袋装一朵，那诗情就流进了收割的季节，流进父老乡亲的笑靥，流进生命的脉络。

当麦浪消失在镰刀的亲吻之后，随便在村庄走一走，院落里、菜园边，不期然就会遇见一丛栀子花。层层叠叠的墨绿叶片，纹路清晰，泛着蜡质的光，素洁如凝的花朵点缀其间。细腻瓷白的花瓣，外层还残留着花萼的淡青，见证这白从青中钻出来的挣扎与努力。晶莹润泽的白，摸起来像是婴儿的皮肤，也像是上好的绸缎，滑溜溜的嫩。与杏黄的花蕊相互映衬，素雅洁净。那浓郁的香气，由羞涩，而热烈，直沁人心脾，很有些奋不顾身的意思，掸都掸不开。

原本不起眼的灌木，花开时节便有了不同。云一样，雪一样，月光一样的花朵，这里一片那里一片，村庄割麦扬场的烟尘里裹挟着栀子花的香气，充满着勃勃生机。

这样的早晨，栀子花香透过窗缝挤进来，香得你打个喷嚏，一骨碌翻身下床，趁着太阳还在东山坳里没爬上来，花瓣上的露水还没蒸发，跑到栀子花的身边，深深地吸几口香气，摘几朵放到山楂罐头橘子罐头的空瓶子里养着，扔几朵到枕头边，带几朵到学校，给栀子花一样素雅洁净的刘老师，给好朋友二华，身上心里都是栀子的香。

栀子花，村里男女老少都喜欢。活泼的小姑娘，慈祥的老奶奶，都喜欢摘一朵戴。就是叔叔大爷也会时常在口袋里揣上一朵，身上就没了汗臭，多了芬芳。

开到生命的尽头，白的栀子花会慢慢泛黄，像是时间久了上了一层锈，越锈越深，变黄变枯，成了一朵干花。干花也不轻易离开枝头，清香虽减犹在。母亲会把干花收集起来，缝进枕套里，淡淡的香气就缭绕到我们的梦里。

大概越是卑微的东西，越能不择环境，形成属于自己的气候，就像栀子花，青了白，白了黄，年年岁岁，在简单的重复中枝条伸展繁茂。

栀子花没有牡丹的雍容，没有芍药的妩媚，却不失小家碧玉清秀明丽，给人冰清玉洁的感觉。“色疑琼树倚，香似玉京来。”“玉质自然无暑意，更宜移就月中看。”“雪魄冰花凉气清，曲栏深处艳精神。一钩新月风牵影，暗送娇香入画庭。”多在夜里盛开的栀子花，一旦和月亮联系在一起，便多了一层灵气；“如果能在开满了栀子花的山坡上 / 与你相遇 / 如果能 / 深深地爱过一次再别离 / 那么，再长久的一生 / 不也就只是，就只是 / 回首时 / 那短短的一瞬”和爱情有了关联，便多了一层诗性；栀子花、果实、叶和根可入药，有泻火除烦、清热利尿、凉血解毒的功效。有了药用价值，便更加隽永。

蓦然回首，那沉淀于记忆深处的场景，尽是一些不经意的东西，成片的金色油菜花，成片的翠绿麦苗，成片的野草野花，儿时的村庄院落，伙伴和游戏，还有一朵一朵的栀子花。

老屋一年也回不了几次，可我知道，每到麦收时节，云一样，雪一样，月光一样的栀子花，依然开放。和村庄里的人一样，以自己的方式，不卑不亢地生存着，生长得积极又快乐。

我的目光是最柔情的水，顺着栀子花香回到自己的源头——炊烟，田野，老屋，栀子花，一幅永不褪色的淡墨山水画。

月　季

老家的小院门口两边，父亲种了不少花。一边是石榴、蔷薇、牡丹、芍药，一边是紫藤、金银花和月季。白牡丹紫芍药开时，粉红的月季先于它们开了，紫藤、金银花开时月季也在开，石榴花开时月季花还在开。它一直开，锲而不舍，哪怕开成了别人的背景，别人的陪衬，哪怕别人常常忽略它的存在。

月季花枝高高耸立，叶片是翡翠一样的卵形羽状，边缘有锯齿，叶面平滑有光泽，由初生的紫红逐渐变绿。叶的背面和花枝上稀稀疏疏地长着刺。初开时，枝条细柔，花朵含苞欲放，像是情窦初开的少女含羞的脸庞，花蕾上的露珠，在晨光中闪烁，晶莹剔透，清新明丽。全开时，花朵硕大，花蕊金黄，花瓣微卷，那粉红层层叠叠由里向外舒展，颜色也由深红到浅红，渐渐疏淡。轻风拂过，枝影婆娑，花香沁脾。一朵朵在生命的旺盛期，最大限度地绽放。凋谢时花瓣慢慢失去水分渐渐干枯，微风中散落一地。然后结出金黄的球形果子，以此繁衍。

母亲会收集散落的花瓣，留着给我们做枕芯。

一般的花花期不会超过一个月，月季不然，花期很长，也最常见。房前屋后、马路两边、公园内外，到处都可以看到它的身影。从春开到夏，从夏开到秋，从秋开到初冬，四季流转，温润春的料峭，夏的枯槁，秋的清疏，冬的萧条。不稀奇，不娇贵，不妖冶，不断地孕育着，绽放着，用纯情质朴带给寻常百姓美的享受。

百度得知，月季有两千多年的栽培历史，相传神农时代就有人把野月季挖回家栽植，汉朝时宫廷花园已大量栽培，唐朝时更为普遍，成为处处可见的观赏花卉。李时珍的《本草纲目》中还有药用记载。到宋时更是大为流行，文人雅士留下了不少赞美月季的诗句。白居易的“晚开春去后，独秀院中央”，苏东坡的“花落花开无间断，春来春去不相关；牡丹最贵惟春晚，芍药虽繁只夏初，惟有此花开不厌，一年常占四时春”，韩琦对它更是赞誉有加：“牡丹殊绝委春风，露菊萧疏怨晚丛。何以此花容艳足，四时长放浅深红。”到清代许光照所藏的《月季花谱》，收集有六十四个品种之多，另一本评花馆的《月季画谱》中记载月季品种有一百〇九种，可见月季栽植的广泛。

月季花形独特，层次分明，由内向外发散。香气浓郁，可以提取香料。根、叶、花都能入药，还是一味妇科良药。能活血调经、消肿解毒、祛瘀、行气、止疼。治疗女子月经不调、痛经、闭经、跌打损伤、血瘀肿痛、痈疖肿毒、崩漏、赤白带下。家人咳嗽、发烧、上火，就用月季花金黄色的花果，和着冰糖一起熬制汤药，连续喝几天，病就好了。

关于这个药方，家乡流传一个故事：很久以前，云台山下有一户金姓人家，有个女儿名叫玉兰，温柔娴静，求亲的人踏破门槛。玉兰因母亲咳嗽、咯血的毛病，只想照料母亲，不想成亲。后传出话来，谁能医好母亲的病，就嫁给谁。一位名叫长春的青年上门献出家传秘方："月季月季，清咳良剂。冰糖与月季花合炖，乃清咳止血神汤，专治妇人病。"玉兰母亲照方服用，果然痊愈。玉兰不负前约，与长春结为秦晋之好。这个药方也随之流传开来。

其实，月季花还能代茶饮，就算没啥毛病，也可以美容养颜。

月季，像是家乡许多普普通通的人，在贫瘠中填补着空白，在平凡中美化着残缺，丰盈春夏秋冬的庸常日子。

荷 花

小荷才露尖尖角，那只蜻蜓便迫不及待地点着水，向它飞去。那俏丽的姿态，好像刚从哪个老条屏上飞出来，还带着紫檀木特有的暗香。四野静寂，一阵轻风拂过，有细微的若有若无的声音从你的耳边、心上润过去，再润过去。仿佛那荷经不住蜻蜓的撩拨，悄然绽放。清淡细微的动静随风丝丝缕缕地传过来，你既无法把握，又无法忘记。像那水中的荷，岸上的你只可远观，不可亵玩。

清粼粼的水，碧幽幽的叶，青涩得还看不出是粉是白的花蕾，以及远处于田田荷叶上亭亭玉立的三两支红的、白的、粉的荷花，还有那池塘边泊着的由春光放牧了许多年的小木船。无风，也无雨，天空似一张揉旧的画片悬于头顶。少了清风的吟唱，这个闷热的午后，荷塘边柳树上的那一阵蝉鸣略显突兀，惊起了小船上茫然四顾的那只灰色的水禽。只见它翅膀一耸，细伶伶的长脚一蹬，就飞上了半空。一转眼那水禽已逝入荷香深处，转眼没了踪迹。抬头低头间，并没有遗失什么，并不要寻找什么，却分明有一种缺失，有一种怅惘，有一种找不到东西来填充的虚渺。隔岸相望那小船，好像沧海望着桑田，无须语言。花不摇，叶不动，莲蓬低垂着头，池塘中间的木栈桥上也没有看风景的诗人，即使有，这风景也一定不新鲜。

从汉乐府中少女采莲的《江南曲》，到李商隐的咏莲诗，到朱自清的《荷塘月色》，我们一直不缺少中通外直不枝不蔓，出淤泥而不染的莲花。那淡粉、深红、洁白的花瓣，那鹅黄的花蕊，那深绿的荷叶和随风滚动的水珠，能让你心底的喧嚣瞬间崩落。“荷叶五寸荷花娇，贴波不碍画船摇。想到熏风四五月，也能遮却美人腰。”亭亭玉立的荷，也能让你联想到二八年华的女子。这无穷碧，这别样红，并不因你而存在，它会在初夏这个固定的时节如期而至。但你的到来，你的观赏都不是无关紧要的。你的目光如星辰把点点光辉洒向荷塘，让荷塘由真实变为美丽，由美丽而更加生动。你的目光唤醒荷花的美，美也唤起你灵魂的睡梦和生的愿望。

这一池荷，风姿各异。有的蓓蕾初绽，含苞欲放；有的半开半合，芳蕊微露；有的翩然怒放，流光溢彩；有的莲蓬高擎，籽实新萌……一枝枝或粉面含春，娇羞欲语，或顾盼回眸，凝神静思，或峭拔俊逸，风神秀骨……既有妩媚纤秀的姿态，又不乏潇洒挺拔之神韵；既有恬静高雅的气质，又有高标绝俗的风骨。它们用距离保持着圣洁，让人在幽静中品味柔和，在漂泊中体味虚无，凝望中拥有缠绵。看那只落在尖尖角上的蜻蜓，看那个一头扎进花蕊的蜜蜂，还有那只侧头坐在荷叶上的青蛙，还有那飞入荷塘深处的水禽，可能都听到了花开的声音，它们是荷花的爱慕者和守护人，见证荷花用自己的方式完成一次对生命淋漓尽致的表达和歌唱。那开花的声音是空灵的、细微的，却足够我们用一生来感受。而我们的渺小，在喧嚣的尘世被淹没，没有一丝痕迹。

独对荷塘，生出许多怀旧的意绪。那时的天是碧蓝的，能承载无数的梦想；那时的云是洁白的，能幻化出各种动物形象；那时的星星会眨眼，那时的小鸟会唱歌；那时的水里鱼虾嬉戏，那时的山上藤树相缠；那时的土包山岗长着酸枣和野草莓，那时夜晚的风里能听出花的开放。特别是荷花盛开的夏日，那小河边，池塘里，满眼都是田田的荷叶，亭亭的荷花，流转的露珠，还有嬉戏中抠莲子拔藕摸鱼捞虾的伙伴，如今都定格成了记忆中唯美的插图。

微风过处，细细的声响，散落成珠，低吟浅唱。

桂　花

霜降过后，那一树金黄的桂花就开始落了。

桂花落，喜欢这三个字。

想象着一名清凉的女子，形神落寞，眼神清寂，坐在枝繁叶茂的桂花树下，就着月光，看点点金黄细细地落下，或星星点点沾上衣襟、头发，或憨然闯入怀中，不管不顾与你缱绻低语。飘坠时发出若有若无的细微声响，丝丝缕缕的芳香飘忽而过，幽微而不易把握。却层次丰富地天生一种暧昧，捉摸不透，欲罢不能。芳香过后，一场花事荼蘼。春的盟誓，夏的期约，轻薄得经不起秋风轻轻一吹，散发的是粒粒碎碎的感悟。

尘世的桂花，一味温婉地开着。它开在小家小院的庭院里，小院有花，小庭有月，简单无意。是王建的“中庭地白树栖鸦，冷露无声湿桂花”；也开在深山空谷中，自开自谢，自有一份高贵。是白居易的“一种不生明月里，山中犹教胜尘中”；开在性情中，感激遇见，借花明志，是张九龄的“兰叶春葳蕤，桂华秋皎洁……草木有本心，何求美人折”。人心闲淡，方能感受桂花轻落。轻落的桂花让心境和环境更加契合、宁静。这便让人想起对桂花情有独钟的王维。“城隅一分手，几日还相见。山中有桂花，莫待花如霰。”还未分别，便已想念。“朱实山下开，清香寒更发。幸与丛桂花，窗前向秋月。”就连说起茱萸也要用桂花来比较。更有那首“人闲桂花落，夜静春山空。月出惊山鸟，时鸣春涧中”，一派隐逸，散淡，宁静，安然。大唐诗人们大多身体力行追求壮怀激烈的事业，心灵却又追寻着自然淡泊、清静无为的生活。因国家的兴盛与衰落带来的不同的生活际遇和生活态度，往往使他们在入世与出世、得意与失意、进取与退隐之间徘徊，王维也不例外。曾经一度为社会的安定繁荣所激励，成为热情的进取者。妙年风姿，风流蕴藉，语言谐戏，再加上一首又一首的恭维诗讨得岐王与公主的欢心，小家小院里的少年郎开始了“前路拥笙歌”的长安王家生活。进而做解头、中进士，开始自己的仕途。然而，好景不长，贬官、罢官，仕途上几番进退，宠辱难料。遭遇种种挫折后，又萌生退隐之心，以包含希冀的痛苦或欢欣来摇荡心灵，酝酿歌吟。

幸而他在晚年时有了《辋川集》。“人闲桂花落”就是在辋川这个精神家园里静静绽放的花朵。这种境界在文人胸中的共鸣已是月出惊山鸟，时鸣春涧中。一方面，他和普通人一样，不够坚定，不够勇敢，有些懦弱，有些无胆。然而，一朵桂花落，便让所有人释然。它照亮了人们的精神家园。当他的明哲保身让他无法坦荡地做一个文人的英雄时，就选择安静地做一个智者。从桂花落的地方，他终于找到了自己可以坐得下的位置。

“心本无生因境有”，外在的一切都是心的变现，如梦幻泡影，如露珠闪电，短暂而虚无。执着它的实有而紧握不放，渴望它恒久不会变动，是痛苦和烦恼的根源。生命只是一个过程，注定由激越到安详，由绚烂到平淡。树高千丈，落叶归根，一切繁华终会消隐，回归大地，消融于厚土。

守着一壶隔年的桂花酿，在安静的月光下，与不肯老去的旧人旧事邂逅，微笑、凝眸、对望。睁眼见花，闭眼闻香。

百合花

初夏，东海西双湖滨三十公顷的丘陵山岗，被百合涂抹得五彩缤纷。一片粉红，一片洁白，一片橙黄，一片白中带紫，一片紫中带黄。或呈屏条或呈扇面，亦工笔，亦写意，浓墨重彩。斜坡、洼地、湖堤、路边，依势铺排。且行且止，收放自如，迤逦出幅幅锦绣。

细雨如丝，挡住了阳光。一股清凉绕过郁郁葱葱的树林，在四周弥漫开来。像是东海那一首“姐儿溜”的民歌，温婉缠绵，乡音未改，丰盈着花开的声音。鸟在空中配着它的画外音，解说给过路的云听。那随风摇曳的淡淡清香，潺潺流淌到心田，浇灌湿漉漉的诗情。

早在三月，和煦的阳光一照，温润的湖风一吹，西双湖边的一百多个品种数百万株百合的种头，在林间，在坡地，在水湾，在每一个落脚的地方，潜心构思，酝酿着盛大的开放。

五月，巧妙的构思在几十个鳞片的层层抱合里悄悄拱出地面。圆柱形的茎秆笔直如箭，新叶如柳，四向攒枝而上。绿色的茎透亮、晶莹，顶端生一朵或数朵花苞。钟形或漏斗形喇叭状的花筒有的直立，有的下垂，还有的平伸，姿态各异。一不留神，花苞就咧开了小嘴，六片花瓣渐渐向四周张开，有的平展，有的顶端向里卷曲，尖部对准花儿主轴。细细的花蕊顶着褐色的花心伸长出唇外，宛如蝴蝶的触须一般。有风吹过，翩然起舞。花瓣上的露珠，战战兢兢，抖落一地的晶莹。没有层叠的繁复，没有拉长的稀疏，犹如女子随意挽起的发髻，自然美丽。一枝枝袅袅婷婷，清新淡雅，真如一个个身穿彩衣的“云裳仙子”成群结队降临凡尘。

百合，散发着纯洁高雅的气息，历来是诗人墨客吟咏的对象，也是普通人栽植于庭院或瓶插于案几的凡花。它最早出生于神州大地西南与西北部的山野林冈和草丛中，起初人们只作为食用和药用。南北朝时的梁宣帝发现百合花很值得观赏，便作诗“接叶有多种，开花无异色。含露或低垂，从风时偃抑。甘菊愧仙方，藂兰谢芳馥”，赞美它具有超凡脱俗，矜持含蓄的气质，也开启了百合由野生到人工栽培的历史。陆游的“芳兰移取遍中林，余地何妨种玉簪，更乞两丛香百合，老翁七十尚童心”，说明宋代种植百合的人更多。由于它的根茎由许多白色的鳞片层层环抱，状似白莲，国人也爱取其“百年好合”“万事随心”的吉祥之意。即便在今天的花卉市场依然走俏，为人们所喜爱。

“百合花开、福如东海”，素有“中国水晶之都”之称的东海县，依托四周傍水、水中有岛的西双湖风景区独特的自然景观，引进、栽种数以百万计的百合，打造出全国最大的百合园，跻身全国百合主产区，“双店镇百合花”还获批国家地理标志保护产品。每当夏季来临，一株株百合饱蘸生命的浓墨，在宣纸一般广袤的土地上不停地画啊画，用成千上万株的清丽俊美，吸引国内外诸多游客，营造了百合园的生态传奇。

在一株百合面前，把生活的琐碎掸去，让花的影子斜倚在身上。有风吹动花枝和布裙，阵阵袭来的香气，像回忆中往事的悠悠重现。

桃　花

忽然想去桃花涧，忽然想去看桃花。尽管已是傍晚，尽管天气阴沉。急切得像是赶赴一场千百年的约会。

桃花涧景区门口的一片人工植出的桃林，花团锦簇。深红浅红的桃花开得热烈，开得奔放。一朵朵仰脸启唇，恨不得伸出手来扯住你的衣襟。虽是阴天没有阳光，你的眼一样会被桃花照得缭乱。

沿蛇形小道向山的深处走去，山道两旁乱石叠垒，花草藤树皆爆出新芽，毛茸茸的嫩，让你感受到新一轮生命的蓬勃。坡上三三两两的桃树“争花不待叶，密缀欲无条”，一枝枝不教花瘦。循着潺潺的涧水声和潮湿的腐叶气味而行，你会看到迎面山上一条清涧自上而下，一路叮咚，水翻白花。浅处及踝，深处形成一潭，水色清绿，深不见底。石壁上“桃花潭”三个红字，一下子把你带回唐朝那个桃花盛开的四月天。你仿佛看到李白站在两头尖尖的船上，听岸上的汪伦踏着江南特有的节奏唱送别歌。眼含一滴清明雨一样的泪，脱口而出了那一首见证友情的《赠汪伦》。

坐在涧边石上，赤脚泡进水里，一阵透心的凉意让你一个激灵，灵魂深处沉睡的什么一下子醒了。看暮色由淡渐浓，雾霭由轻转厚，听涧水叮咚四起，山风游东串西，望着一群一群的归鸟，掬起一瓣一瓣飘落涧中的桃花，你会猛然想起尘封已久的往事，忆及久违故人的音容，长久蜗居的身心慢慢蜕皮脱茧，重新变得脆弱而敏感。无意中一回头，你看到了崖上的那一树桃花。挺直的主干像美人秀颀的颈项，两条支干像美人轻舒的玉臂。顶部旁枝斜出，疏密有致，皆缀满了密密匝匝的桃花。远看如一美女举着一个硕大的花环。在这寂静的山野中，你的眼睛无法错开。你知道人可以在与花朵的对视里穷尽一个瞬间。在这无法拂落的凝望里，你忽然明白了来时的急切。你知道，树的心思都在这花里了。四季轮回，树一直在酝酿这一刻的开放。树用它看风雨晨露，看日升日落，看一群一群的花喜鹊驮着夕阳归巢。也看一个女人孤独地坐在它的对面，满身的落寞。

轻轻地闭上眼，一任桃花的气息弥漫过来，在微醺中做一个桃花梦。你梦见拥有深深庭院可以收藏月光，梦见梨花树下浅酌茶香，梦见那个爱你的人带着你在天上飞翔……当你试图与一块石、一滴水、一棵树、一朵花交流时，你会听到细细的回应之语在耳边轻响。世人多以为桃花艳俗轻佻，

“颠狂杨柳随风舞，轻薄桃花逐水流”，风流韵事均以桃色命名。似乎是桃花祸水，误家误国。但也说“桃之夭夭，灼灼其华。之子于归，宜其室家”。其实，人嘴两层皮，关桃花何事？它只立足于这块山崖，自开自谢，自有一份生命的高贵。不像有些人，没有信念，以为是思想的自由；没有立场，以为是行动的自由；没有忠贞，以为是爱情的自由。殊不知，真正的自由是以选择和限制为前提的。桃花选择了这块山崖，就拒绝了别的地方。你选择了桃花，就拒绝了别的花。任凭弱水三千，只取一瓢饮。

这树静静伫立在你对面的桃花，给你的不仅是感官的愉悦，更有精神的体验；不仅是你对自然的欣赏，更是自然对你的回馈。它本不为谁开放，又一定在为谁开放。你和它的相遇，既是偶然，也有必然。让你有机会和另一种生命完成一次对视，让你有缘分和另一个自然之子交换一次问候的目光，也让你有机会审视自己的内心，到底是渴望了解还是摆脱了解，到底是为了进入群体还是为了逃避群体，到底是为了虚名浮利而忙碌还是去亲近自然让生命本身感到愉悦。桃花的开放，不仅是一种生存的状态，更昭示着一种生命哲学和精神美学。

透过薄雾似的暮霭，你触摸到一幅优美的剪影，有一树桃花把自己开成一处风景。它以这种深刻又不失优雅的姿态，敦促你警醒，照亮你被琐屑磨损的生命。

梅　花

四月去伊芦山下的梅园，梅花早已开尽，寻不见一朵风姿倩影。但在园中随意走一走，依然能感受到那不灭的香魂驻留在旁枝逸出的枝丫间，潮湿的泥土下，清澈的湖水边，温润的空气中，驻留在观梅亭、品梅阁，驻留在每一个路过梅园人的心上。

一枝梅，从远古走来，浸满了《诗经》古旧的芬芳。梅，三千年前就成云成雾地盛开在中原大地，只是那时不是为了赏花，而是为了采果实当酸味调料。春秋时代人们喜爱羹汤，而梅的果实酸酸甜甜，可制成盐梅，是羹汤不可或缺的调味品。《尚书》中有“若作和羹，尔惟盐梅”之说。所以有了女子采梅，也就有了《诗经·召南·摽有梅》：“摽有梅，其实七兮。求我庶士，迨其吉兮。摽有梅，其实三兮。求我庶士，迨其今兮。摽有梅，顷筐塈之。求我庶士，迨其谓之。”枝头的梅子已经落了很多了，还剩七成，还剩三成，眼看着就没了，喜欢我的小伙子快来吧，别错过好时辰。那是待嫁女子“绣球当捡你不捡，空留双手捡忧愁”的表白。还有素有“厨神”“汤药之祖”称号的商代开国贤相伊尹来伊芦山结庐归隐，种植梅树的传说。也就有了伊尹与梅花仙子的故事。梅与人的距离，是眺望爱情的角度。

一枝梅，踏着笛曲《梅花三弄》转入琴调。“梅为花之最清，琴为声之最清，以最清之声写最清之物，宜其有凌霜音韵也。”整曲《梅花三弄》音韵浑然天成，洒脱自在，以泛音来弹奏主调，并以相同的曲调在不同的徽位上重复三次，故称“三弄”。此曲中，三次天籁般的泛音之声，更是展现了梅花次第开放的境界：一度含苞欲放，晶莹如雪，欲露还藏；二度繁华满枝，艳若桃李，灿烂芬芳；三度落英缤纷，化作春泥，营养梅子。梅花玉骨冰肌、寒香冷艳的风韵，傲雪凌霜、坚强御侮的特质，孤高清雅、无私奉献的气节，从指下、徽间、弦上拂拂传出，奏者听者皆恍然置身孤山月下、罗浮道中，如真有暗香浮动，俨见疏影横斜。还有琼瑶的小说《梅花三弄》，梅花一弄，断人肠；梅花二弄，费思量；梅花三弄，风波起，云烟深处水茫茫。问世间情为何物，直教人生死相许。看人间多少故事，最销魂梅花三弄。琴声悠扬，在一波三叠的韵律里，完成了生命的绝唱。还有梅花妆，一种妆容把一个少女的名字机缘巧合地留在了花香袭人的梅林中，留在了代代相传的史书上。那是宋朝一个正月初七的下午，宋武帝刘裕的女儿寿阳公主与宫女们在宫廷里嬉戏。玩累了便斜倚含章殿的檐下小憩。这时恰好有一阵微风吹来，梅花纷纷落下，其中有一朵飘落到寿阳公主的额头上，经汗水渍染后，在公主的前额留下了梅花样的花痕，拂拭不去，公主显得更加娇柔妩媚。此后，爱美的寿阳公主便时常摘几片梅花，粘贴在自己前额上，宫女们跟着仿效，不久，这种被人们称为“梅花妆”的妆饰方式便在宫里宫外流传开来。世人传说寿阳公主是梅花的精灵变成的，因此成为正月的花神。梅与人的距离，是诗意抒情的维度。

一枝梅，伸出严寒，“冰雪林中著此身，不同桃李混芳尘”。冰清玉洁，傲霜斗雪，不与众芳争艳。纵然是千里冰封，万里雪飘，“忽然一夜清香发”，一弹指花开馨香散，玉宇澄清，一枝牵引一枝，一朵呼唤一朵，天地间便都是春的气息了。那源自亘古的芬芳，瓦解了春寒的料峭，抚平了岁月的沟坎。历代文人雅士，不仅将梅的色、香、姿、韵描述得淋漓尽致，还视梅花为一种凛然傲骨，一种精神象征。陆游的“驿外断桥边，寂寞开无主。已是黄昏独自愁，更着风和雨。零落成泥碾作尘，只有香如故”成就了“一树梅花一放翁”；王安石眼中的墙角数枝梅，“遥知不是雪，为有暗香来”是他超凡脱俗的志趣和坚强不屈的性格；李商隐“定定住天涯，依依向物华。寒梅最堪恨，长作去年花”是睹物伤怀；还有“江南无所有，聊赠一枝春”的友情，“不要人夸颜色好，只留清气满乾坤”的高洁，以及“已是悬崖百丈冰，犹有花枝俏，俏也不争春，只把春来报”的无私，更是在梅花的自然美中赋予了人文的隽永意味，寄托着文人雅士高标绝俗的品格。梅与人的距离，是美德仰视的高度。

草木有本心，花开花落两相宜。所谓雅俗高下，是人心的显影。“感时花溅泪，恨别鸟惊心”也不过是人的触景生情，移情于物。所有已开放正开放将开放的，都是恰好的。就如此刻走在一千多亩梅园里的两万多株梅树中间。虽然梅花离枝，零落成泥，但来不及惆怅，季节就往繁荫处去了。阳光斜斜地照下来，把梅树的叶子都染亮了。那新鲜的绿意在雪胎梅骨、踏雪寻梅、梅开五福这些个区域里铺陈，与目力所及的伊芦山上的红枫、翠竹呼应。

梅花开尽，香气犹存，已然“散作乾坤万里春”。

梨 花

春有百花秋有月，夏有凉风冬有雪。大自然的寒来暑往、四时更替，每一季都承载着上苍对我们释放的无限美意。你看，微醺的春风在四月的枝头一吻，梨花沉睡了一年的枝枝柔情纷纷苏醒，以冰肌玉骨演绎风姿绰约的春韵。

梨花素雅洁净，芳姿曼妙，清香宜人，在春花中独树一帜。短暂的花期里悄然开出一场盛大的花事，于姹紫嫣红的春色中坚守生命最初的白，春光将逝之际，悄然凋落，从春天里抽身而退。它指向粉淡香清、高标绝俗的品质和风骨，撩起的是流光易逝、人生苦短的寂寞和惆怅的心绪，为历代文人雅士所喜爱。那些借梨花寄情的感时伤怀之作比比皆是：白居易的“玉容寂寞泪阑干，梨花一枝春带雨”，“最似孀闺少年妇，白妆素袖碧纱裙”，生动又诗意；刘方平的“寂寞空庭春欲晚，梨花满地不开门”；徐凝的“一树梨花春向暮，雪枝残处怨风来”；苏轼的“惆怅东栏一株雪，人生看得几清明”，人事与自然的内在联系卯榫相合。

走出诗词中的梨花，在连云港的山川、田园、村舍之间堆雪铺玉，飞香流甜。这样的季节，你若走进灌云伊甸园，你就走进了花的海洋。灌云人秉持绿色发展理念，因地制宜，依托原白蚬果园的资源禀赋和独特区位优势，把固有的自然风景，与远古的神话传说，与现代的园林艺术整合融汇，建成欢乐伊甸园、四季百花园、浪漫百果园、宜居新家园四大功能板块，初步形成“春赏花、夏戏水、秋采果、冬体验”四季不同的自然风光。清明时节那上万亩盛开的梨花，更是成了引领旅游、带动经济发展的“金花银花”。一年一度的梨花节，成为当地人盛大的节日，整个县城盛装迎接四方宾朋。随着梨花节的成功举办，伊甸园景区的知名度、美誉度不断提升。万亩梨花默默酝酿着秋天枝头的果实，也酝酿着灌云人明天的美好生活。

在梨树林中漫步，花的甜香、草的清香、泥土的腥香丝丝沁入心脾，心随着花儿草儿柔软起来。园中连阡累陌的梨花，如皑皑白雪，似袅袅青烟。一棵棵梨树树根粗壮，紫褐色的枝干横陈交错，遒曲如龙。如钢似铁的树枝上，没有一片叶，竟开出千朵万朵娇嫩的花，有种刚柔相济的美。一簇簇盛开的梨花如一朵朵摇动的火苗，带着雪的冰凉；又如白色的鸟群，在虚拟中飞翔。远望如水样的月光，遍地流淌，近看花朵被淡绿的嫩萼托着，像镶着一颗颗洁白的珍珠。有的初打骨朵，有的含苞待放，有的绽放吐蕊。白色的花瓣晶莹剔透，像是少女的肌肤，轻轻一弹，便要溢出水来。五瓣环列，像小手呵护着几根长长短短的浅绿色花蕊，花蕊顶端托住几粒暗红，如少女天然的唇色，泛着淡淡的甜香。一阵轻风拂过，梨花在枝叶间低低地盘旋，纷纷扬扬地飘落，像一只只白色的蝴蝶在翩翩起舞。伸出手接一瓣，手感光滑、细腻、微凉，心事像梨花那样被风吹动。不经意地哼起那首“梨花开，春带雨，梨花落，春入泥。此生只为一人去……”一阕《梨花颂》，浸透着悲情和苍凉。眼前的梨花幻化为白衣佳人，不染纤尘。

梨花，开在诗词里，开在节气中，开在梨园，开在房前屋后，期待你用感恩的心去接纳大自然四季流转中这恒定的美与妙。

玉　兰

清明前后，南云台延福观那株八百多年树龄的玉兰花王，就会绽放一树的绚烂。

近二十米高的树身，高大挺拔，树冠高擎千朵万朵白色的花，那白，温润、细腻。白得单纯，单纯到丰富，誓言咒语般简单明了；白得清澈，清澈到幽深，禅示暗喻般深不可测。如一片雪涛云海，一尘不染，暖玉生烟；又如一团雪白的光，灼灼地，然而又很温柔地在天空与大地之间闪亮。

相传这株玉兰是明初紫丹道长移栽。当时的云台山孤悬海上，山似围屏，奇石如海。玉兰远离纷扰喧嚣的尘世，不与百花争艳，在暮鼓晨钟里一站千年。哪怕荒山野岭，哪怕人迹罕至，任时光在花开花谢中流逝。时令一到，就把洁白的礼物拿出来，馈赠天地，馈赠山，馈赠石，馈赠邻近的银杏、栗树、李树，也馈赠人。连云港人喜欢它，把它定为市花。

历代文人对玉兰也多有歌咏，《浮生拾慧》里说，玉兰先花后叶，以其花色似玉、花香如兰而得名。花瓣呈勺形，两端窄，中间宽而凸。花朵与绿萼连接处的那一抹淡淡的绿意，仿佛只是为了映衬它的白。这棵玉兰花开九瓣，比一般的玉兰多两瓣，片片如扬起的船帆。朵大直立，丰腴肥硕，香味幽远。明代文徵明有《咏玉兰》："绰约新妆玉有辉，素娥千队雪成围。我知姑射真仙子，天遗霓裳试羽衣。影落空阶初月冷，香生别院晚风微。玉环飞燕元相敌，笑比江梅不恨肥。"写玉兰如粉雕玉琢的仙子，上天赐予她飘飘欲仙的霓裳羽衣。当她沐浴在新月的清辉里，环肥燕瘦俱往矣，只有她的丰盈清丽。还有沈周的《题玉兰》："翠条多力引风长，点破银花玉雪香。韵友自知人意好，隔帘轻解白霓裳。"前两句说玉兰如银似玉又像雪，玉树临风，摇曳生姿。幽幽的香气从绽开的花瓣里飘逸而出，淡雅柔和，清新宜人。后两句说玉兰花朵细腻洁白，凝重明丽，似丰腴端庄的少妇，虽"轻解白霓裳"略显轻薄，却不影响她"试比群芳真皎洁"的魅力。

站在树下仰望，留有霜雪痕迹的枝干上没有一片新叶，只簇拥着一朵朵硕大如盏的花。花形饱满润泽，挺秀飘逸，各具情态。有的还是圆锥形的花骨朵，毛茸茸地挺立着，攒着劲要破茧而出；有的打开两三片花瓣，半开半合，像一只只玉色蝴蝶栖落在枝丫间；有的花瓣儿已完全绽开，似一群白色的鸟振翅欲飞。那衬在花朵后面的蔚蓝天空，如平静清澈的湖面，清风拂过，洁白的花朵像一群白天鹅，在湖面翩然起舞。

不同的植物面对世界有着不同的形态，精制和简约各得其所，他们有着各自不同的历程。含羞草细细密密的叶片和小绒球似的花蕾上星星点点的白，无不体现造物的精致；而这一树不动声色的白，毫不遮掩地展开，质朴纯净的本色赫然在目。随便一个角度，都能感受它的简约。

这一树的白，抑或是从冬或是更早的时候便开始酝酿，花期却不长，四月底便香消玉殒。玉兰春光之短暂，如人生韶华之易逝。盛极而衰，颠扑不破。造物主不会厚此薄彼，让有智慧的生命体验生之愉悦，也体验死之痛苦。人都以为可以认识一棵树，了解一株草，亲近一朵花，但它们自有不可亲近和揭穿的秘密让人心生敬畏。

走向一树玉兰花的白，是走向绽放的绚烂，也是走向凋落的释然。